界那么大，还是要勇敢

沈嘉柯 著

世界知识出版社

图书在版编目（CIP）数据

世界那么大，还是要勇敢／沈嘉柯著．—北京：世界知识出版社，2015.2

ISBN 978-7-5012-4849-0

Ⅰ．①世… Ⅱ．①沈… Ⅲ．①故事-作品集-中国-当代 Ⅳ．①I247.8

中国版本图书馆CIP数据核字(2015)第017641号

出品人/监制　赵　雷
总　策　划　杨建楷
责任编辑　余　岚
责任出版　刘　喆
责任校对　马莉娜
美术设计　牛　涛　刘　萍

书　　名　世界那么大，还是要勇敢
Shijie Name Da, Haishi Yao Yonggan
作　　者　沈嘉柯

出版发行　世界知识出版社
地址邮编　北京市东城区干面胡同51号(100010)
经　　销　新华书店
印　　刷　北京中科印刷有限公司
开本印张　880×1230毫米　1/32　7.5印张
字　　数　187千字
版次印次　2015年3月第一版　2015年3月第一次印刷
标准书号　ISBN 978-7-5012-4849-0
定　　价　28.00元

摄影：Ricas

摄影：宇华

摄影：宇华

摄影：宇华

摄影：宇华

摄影：宇华

世界总会有更大的美好让你走下去

我知道我的女读者占读者总数的很大一部分，所以出于怜香惜玉的本能，这本书的序，我想写给这些温暖脆弱的姑娘们。

你也许看过我写的很多情感故事，我有时候不想写故事了，因为写随笔专栏挺轻松的。连我自己都决定差不多该放弃了吧，快写到颈椎和肩周抢着发炎。为什么要坚持写下去呢？大概是我还抱着最初写书的愿望吧。

让你透过文字，看到我看到的、听到的、走过的，看到我脑海里，我心里，最想表达的感情。

而能走到现在，也全靠这些事物，也包括你们的支撑。

你为生存做些什么，我不关心。我知道，你敢于梦想，敢于坚持，社会现在挺繁荣，谋生这点事情你没有问题。你的年龄有多大，我不关心。我知道，为了爱，为了梦，为了生机勃勃的奇遇，年龄根本不是问题。

世界总会有更大的美好让你走下去。

这一切取决于你是否愿意像傻瓜一样冒险，把自己的命运握住。这不是给你灌鸡汤，这只是选择对世界的一种理解方式。

世界那么大，你第一步是去经历。起初单纯无知，后来经验多多，变得强大，再没有人与事可以伤害到你。

你刀枪不入，无坚不摧，你再无软弱，完美得不似真人。如果有一日，你死了心铁了肠，没有事情可以伤害你、撼动你、牵动你。会不会有这样一个结局，你所有的耐心，所有的爱与付出，完完全全一滴不剩地用完了，倒空了，你内心空无一物。

于是你要走向第二步，我们历尽悲伤和失望，不是为了放弃爱的本能，而是为了带上眼睛，认得谁是值得爱的人。保留天真，保留柔软，给值得你拿出来的人。

你会发现你觉得自己空了，只不过是因为你根本没搞清楚爱是什么。你关起门，只不过封死了自己，世界仍然无比精彩。

爱是你有限生命里，主动去选择的冒险。你不再守株待兔，你有能力结束，就有能力开始。

心是饥渴的骆驼，你有别的办法，饱足平静，吃到蜜糖。

我希望这本书能支撑你，支撑你走过漫长黑夜，支撑你的坚持，支撑你傻傻的冒险。就如同我在过去的那些个寂静夜晚，敲击键盘，写下这些故事，用以激励自己的人生。

姑娘啊，在这个世界上，我们最终只是孤独的。生命是两个永恒之间的无限短暂的瞬间。

好好保重。这个世界那么大，可无论怎样，握紧心中的梦想，比什么都重要。我曾从岁月里学到的勇敢，很愿意借给你一点。

好好走下去。

沈嘉柯

[目录]

尘埃之恋

1『他的脸』

天气太好，阳光用可以渗透进身体的热量，蒸腾着空气。这是个夏天，最热的盛夏天，但还是要去上班的，舒佳瘦骨嶙峋地等在站牌前。所有的出租车上似乎都有人，而时间逼近被公司头儿破口大骂的极限。那就坐公交车吧。

十五分钟的路程不远，但五分钟后，舒佳眼睁睁看着自己的手从吊柄滑落，气息艰难，往后倒去。

脑袋里闪过最后的意识：这一倒，怕是要摔个惨痛。

终归没有倒在地上，倒在了一个怀抱里。身体有了支撑，力气就稍微回来一点，头脑也清醒了。

终于看清楚是谁救了她，一张晒得发黑发红的脸，眉目是端正的。可以肯定无疑，是个年轻的男人，并且，绝对不脱平凡职员身份。舒佳道了谢，坚持站好，然后下车。那年轻男人居然跟着她下车了。舒佳走到公司门口，回头问："还有事情吗？"

年轻男人摇头："没事，我在这里上班，新来的保安。"

大厦的名字以"金"字开头，高耸华丽，但是在里面工作的，不仅仅有在十九层的模特公司做模特的舒佳，还有保安。比如这个新来的，年轻的男人。

舒佳转身，走过冷气吹满的大堂。身后有一束仰慕的眼神，也许她感觉到了，也许她没感觉到。

2『我的名字』

很快，他熟悉了岗位。他表情严肃，而且认真负责。保安的套装，在年轻而颀长的身体上，有一点帅气。没有人的时候，他在登记本的最后一页，漫不经心地写写画画。忽然，他就写出了一句话："你好，我的名字叫樊南，你的名字是？"

他呆了一呆，似乎明白了什么。

这个你好，这个你，不是泛泛的，是对应着一个特别意义的女孩的。习惯了环境，人是会改变一点点的。工作两个星期，最初上班会每天严肃登记，把每个人当隐藏的坏人审查一番。现在，他开始熟悉了进进出出的面孔。熟悉了，就可以攀谈起来，和其他的人。

"十九层的是模特公司吧，当模特的女孩子，怎么那么瘦啊！

好几次看见她们在电梯里就晕倒了。”

“这有什么稀奇的！十个模特，有九个每天就吃苹果餐。”

“什么是苹果餐？”

“就是一天只吃两个苹果。怎么能够不瘦骨嶙峋？不晕倒？为了上镜好看，这是应该付出的代价。”

樊南明白了。那一天，在公共汽车上，那个女孩是热晕了。那个时候，那么叫人可怜，恨不能一直抱在怀里。不吃这份苦，这样漂亮女孩子，何必折磨自己。他总是觉得，苦该由男人来吃的。

她的头发很长，依稀有柠檬的香味。她叫什么名字呢？做模特这么苦，能够赚多少钱？她还记得发生在车上的那一段小插曲吗？晚上睡觉，樊南第一次失眠了，辗转反侧翻来覆去。

想得到答案，就要去发问。不过发问的对象，还是十九层以外的人。

答案纷乱，几乎晕了樊南的头。“模特啊，好的月入八千一万，被大款看上包了的更加是几万、十几万挥霍的都有。还有的很清贫，钱积蓄起来当嫁妆，吃青春饭的啊！还有的，想当明星，给导演什么的当情人，什么样的都有。”

樊南的世界，与那个女孩子的世界，平行在一座大厦里，却差距等级足有十八层。他的心往下沉去了，不用计算，如果他一直做这份工作，一辈子也跨越不了这样的距离。

3『有一点难过』

舒佳于是就常常能够看到那个年轻男人，坐在大堂的右侧中心。一张褐红的桌台，摆放着一支笔，一个来客登记本。和其他保安一样的腰间别着对讲机，只是套装穿在他的身上很不错。看见她的时候，他就对她笑，一点羞涩，眼睛是明亮的，但再也没说过话。

太阳渐渐晒的少了，有时候，舒佳可以发现，他的脸色白起来，不是当初又黑又红的了。

好感是一种奇妙的感觉。来的时候，没有声息，一下子就占据了心间。

舒佳从此习惯上班进门向右边微微偏去。还是不说话？为什么不说话？

人稀少的时候，她下楼来，故意经过他。他在本上写着东西。她走近了，他警觉到，抬头依然是笑，日渐温和的面孔，似乎渐渐英俊了。笑的同时，手上很自然地关上本子。

怕是情书吧！却不知写给谁的？舒佳忽然觉得有一点难过。

4『我有什么资格爱她』

我有什么资格爱她？她就像是公主，而我就是仆人，樊南想。他出身太简单，工薪家庭，没有好好读书，沦落为一个小保安，有什么条件去爱一个漂亮的，与他不在一个生活标准的模特？

这一年，电视里的新闻也极其热闹。戴安娜王妃出了车祸，八卦横流，查尔斯王子，居然一直爱着一个又丑又老又结过婚的女人。舍美貌而取老丑，真难理解。樊南想，那个女人就一点也不自卑？

电视里，也还有本城的模特表演。闪亮登场的模特里，他努力找一个身影。很遗憾，他总是能够找得到。他多么渴望，她不够优秀，做不成星光灿烂、高傲的模特？可是做不成又何如？

樊南将一张张单片的纸，细致地包成一包。收进桌台最底下的小抽屉。收拾东西，有些好感，不适合生根，樊南这样想。不浇水，不照看，自然就枯萎了。

他辞职了。

5『谁先说』

如果他再不开口，那我开口吧！舒佳很想约他晚上去江滩边上，但是公司的表演行程，安排得太满。星期一见到人，星期六就已经飞往其他城市。

这一次回来，飞机上，舒佳觉得，她不能够不开口了。

助手背着行李，舒佳走进大厅。在老地方伏着头，是一样的浅黄色的保安服。她走近，递过去一个盒子，给你的礼物。

那个人接过了礼物，抬起头，不是那张脸。“怎么你不是，以前那个樊南呢？”她急切地问。

“他辞职了，真是多谢舒小姐。”这个保安受宠若惊。

礼物顿时失去意义。舒佳失落地上了电梯，背后是保安的赞美，舒小姐真是漂亮又大方。

有些人，总是在失去后，忽然发现自己其实非常非常爱。舒佳开始吃东西了，说不清楚为什么，但是控制不住地暴饮暴食，像是报复多年的饥饿。

半年，腰围从一尺八，增加到四尺五，她胖了。一个模特胖了，怎么也干不下去了。又半年，她开始减肥，用尽办法，没有奏效。

舒佳退出了。不喜也不悲，走时候，没有姐妹欢送，这个圈子，人人都是心高气傲，巴不得走掉对手。

其实，她一直属于赚钱当嫁妆的女孩子。如果他打听清楚她的身世，一切也许就不同了。她15岁，没有钱继续读书，于是逼迫着父母借了最后一笔钱，独自去考了模特。20岁的时候，成为公司的一大台柱。但她厌倦，厌倦一天到晚饿得头晕眼花，三餐只吃两个苹果。天天担心第二天，腰身套不上那些华服。踩着高跟走完猫步，回去全身疼痛……

嫁个老实人，多么好。但是，首先要有爱，要相互爱上。那天公共汽车上，一次怀抱，她其实心在狂跳，可是她是矜持的。她是值得被追的，那么近的机会，就是缘分了。

只是，咫尺错过，顿时天涯。

6『四年之远』

辞职之时，他21岁。21岁的年轻男人，有足够的时间改变自己。奔赴的地方，是才开发的南方地区。

夜以继日，一步一步往上爬。奋斗努力听起来遥远，其实如人饮水，冷暖自知。

他做到了，尝到了身边被漂亮的女孩子环绕的感觉。这感觉不是不好，只是，眉眼之间笑语温存，都进不到心中，都没有通行证。通行证，应该就是长发下一张消瘦漂亮的脸，嶙峋的身体，触摸得到硌的人骨头。心生怜爱，无限怜爱。

他一直在找她。现在，更加迫切。

人海茫茫。找一个失去联系的人，很难。

找到第一家公司，说曾经有个舒姓的小姐在这里做过三个月，但工作业绩不大好，就被辞退了。

他便心发痛，她必定受了委屈。

他继续寻找。

他猜测错了。

舒佳嫁了人，结婚了，然后又离婚了，但是她未尝委屈。如果不能够嫁给一个所爱的人，那就嫁一个爱自己的人。

这个爱自己的人，是模特台下，曾经的嘉宾。逼近中年的男人，才能够以丰厚的实力坐到嘉宾席位上么？这些都是题外话了。在一个人的一个城市里，舒佳无法拒绝最寂寞时候，始终有位绅士一样等在门口的人，鲜花握在手中，晨昏无阻碍。

离婚，也不是因为他不好，是她的不好。身边的人坚忍地等待，等待她的心收回来，安定下来。舒佳没有想到，只享受被爱，而不爱身边朝夕相处的人，原来也是会有罪恶感的。起居的流水日子，这个中年男人早起，连带拖鞋，也轻轻放在她脚边。如何心才会安？舒佳眼泪流下来，说对不起。舒佳提出离婚，理由照实而说，如实道来。

7『跌进尘埃』

他再找到她，没有直接上门。电话拨打过去：“你可记得我吗？你肯定是不大记得了。我是那年车上，扶住你，一个大厦做事的保安……”

信，不长，在樊南手上展开：我现在，算什么，什么都不算。

我没有当年漂亮了，已经26岁的前模特，只是一个有过婚史的黄脸女人。

他顺着地址，找上门去，落了空。

她搬家了。

搬家比较远，离开之前，舒佳忍不住上了旧日的公司。大厅依旧，座位依旧，连换过的保安，也被换了。

“要进来？”看见保安人员在招手，“小姐，请登记。”她愣了一愣，笑了，到如今她已经是陌生人。她写下名字，保安发出一声小小的惊讶：“是你吗？”

“是我，怎么了？”

“这里的保安桌台最下面的抽屉，有一叠日记，每张纸上都有你的名字。”她没有当众打开看。

在临时宾馆，轻轻拆开，同样的内容，在每张纸上重复。时间，恰是那一天开始，打算讲出的时限为止：我算什么，有什么资格去爱舒佳小姐。我算什么，只是一个小小的保安……黑色的笔记，绵延了整整一百多个，意味着，同样多的日夜。

舒佳真正呆住了，眼泪再次滑过。女人在爱情里，会把自己跌进尘埃。

其实不止女人，男人也会这样。因为卑微的尘埃那么深，跌进去，就深深陷入进去了，连爱，也觉得没资格了，也就错过了，就在手边，也退缩回去。

爱，原本是无论资格的。

复杂世界上，你怎么去爱

1『没资格养金鱼』

楼下新开了一间店。满满的，花样繁多的金鱼。那些金鱼各自居住在自己的鱼缸当中，看不出悲伤还是喜悦。总之，它们吃饱了就睡觉，睡醒了，继续会有人给它们喂食。

喂食的女孩，叫小想。

于磊回来，会进来溜达一圈，最出格的时候，他还会拿手指逗一逗门口右边的一条红琉金长尾。

他一直没有注意到，那是唯一只有一条金鱼的玻璃缸。

叫小想的女孩总是低头看着一本小说，耳朵里塞着耳塞。所以，那些进来想买金鱼的人，都不得不轻轻拍着桌子叫唤她。

于磊不需要买金鱼。

所有单身的、无固定职业的男人，都是没资格养金鱼的。因为他们自己都需要女孩照顾，怎么可能去照顾好娇气的金鱼？所以于磊从来没叫女孩，女孩小想似乎也从来没留意过他。逗完了鱼，他就上楼睡觉去了。

2『只赏不养』

这个星期六的下午，于磊老样子伸手摸摸那条红琉，但那条鱼显然腻烦了他每次骚扰。你看，有些人就是这样讨厌，不想带你回家，却偏偏表现得对你大有兴趣。当然，可以这样狡辩：我只是欣赏啊。只爱花香不爱花，只赏不养。

有人拍了他肩膀，是那个女孩。

“你究竟买不买？”

于磊就按照上面那种逻辑狡辩了。

“不买，但是我喜欢看它。”

女孩其实长得无比温柔，但却霸道地说：“不买，就不许看。”

于磊就偏着嘴巴笑，然后说：“这样，我给你每天养它的钱，你代我养好吗？”

女孩的脸就红了，就那么忽然红了。她点点头，说：“那请你交钱吧！”

他打开和他的人一样消瘦的钱包，里面都是零钱。他倒是一点也不尴尬，数出15块钱，扬手给女孩。

转身要出门，女孩叫他：“你还没问我的名字呢？我叫小想。”

他挥手，说："哦，我知道了，小想，明天见。"

是了，他又要回他的狗窝，看整夜的影碟。这个不求上进的男人，好像活得很滋润。

3『她听着他的呼吸』

当你安心地过日子的时候，四季流转得会特别快。一场一场雨下完，夏天就过去了。

天气渐渐冷起来。小想不再看小说，也不再听音乐。而是拿出毛线编织一件东西。形状渐渐出来，是手套。

需要整箱买鱼粮的时候，她不再打电话叫搬运工人，而是叫他的名字——于磊。他就在她的楼上，听得见她的叫声。于是于磊就慢悠悠下来，头发乱而长，下巴上的胡子像草地。

她问他："生日什么时候？"他会愣一下，因为很久没人问这个问题，不过还好他还记得。

他漫不经心地回答："8月13日。"还有一个月，一个月很快就到了。她是个聪明的女孩子，学什么都很快。她说："这样吧，那天我送你一个大蛋糕，自己做的。"

他兴致勃勃地答应："那好啊。"

8月13日那天，她第一次踏入他的房间。他的房间里有废报纸，还有最简陋的家具——旧沙发，一张宽大的床，一把藤椅子。但是，却有一套相当相当高档的组合音响。他解释，我喜欢看碟，而且讲究效果。一面墙壁上，是满满的电影碟片。

吃完蛋糕，他们一起看一部电影，结局是一对男女相互搭上胳膊，跳起舞来。他们站起来，也学着电影里的人物跳舞。

她很想说喜欢，但却没说出来，只是把她的头放在他肩膀上，慢慢地在16平方米的房间里转悠。她听着他的呼吸，不再去想答案。

4『手握一双手套』

他不再出门找零工兼职了，他就在她的金鱼店里，打理小生意。现在换成她自由散漫，只需要在旁边看那些鱼。

赚的钱不多，却足够买食物，交店铺的租金。

秋天就要结束了。有一天，她趴在柜台上，对他说："我们把那缸红琉金长尾搬到楼上的房间去吧！"

他歪着头，反问道："摆在这里挺好呢，我上面空气不好，潮湿黑暗。"

她闷闷不乐了，又问："你说，给它找个伴好吗？"

他回答："好啊！你这里金鱼这么多，那很容易。"

她不作声了，只是点点头。

红琉金长尾仍然寂寞地游荡着。她的手套已经编织完，赶在冬天到来之前。可是，冬天带来的不会仅仅是雪和寒冷。

先是小雪。

小雪下完，他出门去了。她知道他去做什么了。他去迎接他回心转意的前女友。三天三夜，他没有回来。

看不见他的日子，她把店门关上，寒冷的季节，养鱼的人也少了。她坐在空荡荡的店铺里，面带微笑。因为她想起几个月来，他们相处的快乐。

他生日那天，蛋糕抹在他脸上，她的脖子上。他们嬉笑着，打闹着，踩烂了他唯一的旧沙发。她有了他家的钥匙，他们还躺在一张床上，说一些漫无边际的话。她从来没说过她有多爱他，她甚至没有说，要他为她做什么。

现在，她只能够一个人，手握一双手套，对着一尾寂寞的鱼。

5『所有的鱼都没有了』

他一直等到小雪化掉，航班重新开放，然后等到了宋瞬回来。宋瞬一把抱住他，说："我和那个男人分手了。我知道你一直在等我，我现在嫁给你，你一定要娶我。"

他紧紧抱住宋瞬，眼睛发酸，连声说："好的，好的，我娶你。"

当初，宋瞬要和他分手，也是那么直接地告诉他："我要和你分手，我觉得我们在一起不会幸福，你太不求上进了。"

是的，他不求上进，他是一个艺术院校毕业的男人，成日做着旁人看着莫名其妙的事情。游荡，不找正式的工作。

分手以后，他更加没有必要改变了。他现在求上进，恋人也不会看见。这两年，他一个人在城市东边，坐车到西边，随手给人画几张素描，赚几十块钱吃饭。回来路上，看见新开了一家金鱼店铺。于是，逗一逗色彩斑斓、可爱漂亮的金鱼。

为什么要逗那条红琉金长尾？

也许只是因为，他和它一样寂寞。

他从来没想到，她也和它一样寂寞，等待着一个伴侣。他从来没想过，那条金鱼会不会是她故意单独养在一个鱼缸里？

他回来收拾东西，然后打算请她代为交完最后一笔房租。他要退掉三楼的房间，跟着宋瞬一起离开这座城市。

可是，他看见金鱼店铺的门是关着的。

他想，小想这个丫头，这么早就睡觉了？他有钥匙，于是从容地打开门，里面已经空荡荡的了。

所有的鱼都没有了，只有一条红琉金长尾，和一个玻璃缸，孤零零地放在柜台上。

那条鱼，已经僵硬。

鱼缸下压着一双手套和一张纸条。纸条上是那么难过的两句话："金鱼原来从不戴手套。"

"小想，今天是你自己的生日，没人陪你，你自己要快乐。"

"小想，小想，你在哪里？"他大声地叫唤着。可是四周一片静寂。他一直觉得他等着宋瞬，心里只有宋瞬，只关心宋瞬。可是，现在他觉得，那条僵硬的鱼让他整个心脏疼痛无比。他答应宋瞬，也许只因为他是那种有求则应的人。

有些人不知道自己究竟爱谁，以及爱得有多深。

上帝只好用失去令他察觉。

6『用自己的方式去爱人』

在这个世界上，我们都在用自己的方式去爱人。

但只有像手掌遇见了手套那样，才会热烈地拥抱在一起，成全爱。这世上有三种人吧，有些人一辈子只会暗示；有些人那么热烈地大声要求"我爱你，我要你娶我"；还有些人，如果别人不索取承诺，他就永远不主动承诺。

于磊，是最后这种人。

宋瞬是第二种。

小想，则是第一种人。

金鱼遇见了手套，或者手掌遇见了鱼缸，那么，就让我们无奈地走过落寞的雨天街道，一个人。

金鱼从不开口说话，不会说我爱你。手套只会默默地，默默地温暖一双手。

他永远不知道，还是在艺术院校读书的时候，他姿态怪异地走过学校，她的眼睛一直不离开他的身影，在许多个日夜。他永远不知道，毕业以后，她在这附近工作，只是为了能够跟着他，亦步亦趋，踩着他的脚步，数十米开外，在许多个日夜。

终于有一天，一楼的门面出租，她立刻盘下了店铺。她所有的积蓄，都用来买许多许多的金鱼。许多顾客以为她迷糊，不付钱拿了金鱼就走。只要他们不碰那条红琉金长尾，她一概不会管。她只是继续买回新的金鱼。

她终于等到他走进来，走进她的金鱼店。

他捞起那条金鱼，放进右手手套，出门，把它埋葬在花坛里。

他终于没能够娶宋瞬。他全部的影碟、旧沙发和椅子，全部不要了。这个寒冷的冬天，他戴着一只手套，左手温暖，右手冰凉，茫然行走在落满白雪的大街小巷。

她无法知道，他终于确定自己喜欢的是谁。

在这个复杂的世界上，所有不懂得以对方的方式去爱的人，都将遗憾。

各自远扬

1『有些人像小媳妇，有些人像令狐冲』

新生入学的时候蔡哩很委屈地跟学生处的处长说，这个名字也不是她取的。那确实，这个世界上有几个人的本名是自己取的？处长吩咐旁边的女秘书说："电脑没办法输入那就手写好了。"

林照深排队在蔡哩的后面，插嘴说："怎么会没办法输入，美女，你多翻几页找，一定有，我搜索啫哩膏都能够打出来，当然有这个字。"这话等于间接批评那女秘书工作态度不严肃，光顾着欣赏自己的水晶指甲去了。女秘书瞪林照深，重新打字，但明显一句"美女"，让她心花怒放。

从行政楼出来，蔡哩埋头跟着几个女生乖乖走路，一路走到女生宿舍。林照深也跟在后面，因为他要送自己的女朋友到宿舍。他的女朋友黄苏子很巧合和蔡哩一个楼，位于马路边上新建的宿舍十号楼。

站在走道口，黄苏子说她要去下卫生间，林照深让她快去。这个空当，刚才一路都面无表情，连句谢谢都没说的蔡哩，忽然冲林照深点头："多谢！"结果林照深摸摸鼻子，说："你名字很有特色。"

他当日穿着条纹T恤蓝牛仔白球鞋，最佳搬运工套装。蔡哩觉得空气凝固，呼吸生痛。等到黄苏子回来，林照深帮她搬运大大小小的物品，还不忘记扯白。

林照深说他高考那几天晚上还在疯狂看电视剧，看香港吕颂贤版的《笑傲江湖》，高考结束刚好放到大结局，其他同学如小媳妇胆战心惊应试。他说得很狂傲，令人侧目。这么一来，蔡哩忽然觉得他还有那么一点令狐冲敢于主持正义的味道，比如入学新生注册输入名字，他帮她说话的小插曲。

蔡哩承认自己的名字比较古怪，但她觉得林照深女朋友的名字也不简单。标准该念中文系的女生名字，字面美型顿时让人想起苏轼来。但蔡哩后来才知道，黄苏子念的是流体机械及工程。

2『半途退场』

蔡哩自己念的才是中文系。中文系教授在台上说："咱们中国人取名字和外国人也比较相似。有本《格调》的书里说，越是有钱有闲那名字就越取得虚无缥缈之乎者也。"蔡哩就忍不住拿黄苏子这个名字默默做分析：叫黄苏，寡淡，叫黄子，无味，但叫黄苏子就马上文艺了。大概她妈妈姓苏，爸爸姓黄。

黄苏子和林照深……黄苏子好像总冷眼看着林照深话痨多嘴，一个活泼外向的男生搭配一个冷美人，互补心理？

见识到林照深的厉害是在2002年的五校联合辩论赛上。林照深代表本校法学院出战，一个下午三场比赛，选出最后的胜者。前本场林照深妙语如珠，在第三学术报告厅开口如《九品芝麻官》里的周星驰，台下笑个没完。在对手还没说完第三句话的时候，林照深已经以半分钟八百个字的语速在自由辩论时间反驳完毕。对手瞠目结舌，惊讶之余，忘词了。

蔡哩看见黄苏子也来观战了。女生总被男朋友要求去看他们的表演，不管是篮球、足球还是辩论赛。但其实女生根本没心思看内容，看的只是形式。慷慨陈词的男生应该也是充满魅力的吧！

蔡哩挪动自己的位置，一直挪动到黄苏子的后排。然后她听见黄苏子旁边的女生说，林照深怎么比女生还能说，没安全感。黄苏子没笑，点点头，工科女生的镇定似乎表明她确实也抱同样观点。蔡哩忽然有点欣喜，像是看见一丝曙光。继续听下去，除了林照深，其他人说的，满耳听来都是陈词滥调，她意识迷糊了。

掌声如雷时蔡哩才惊醒过来，不知道什么时候她居然睡着了。林照深已经过关斩将，在三场淘汰赛后拿了终赛冠军。他是最佳辩手，他的比赛队是胜利方。

林照深得意扬扬望向台下，只看见蔡哩貌似陶醉的表情。

黄苏子已经不在现场了，不知道什么时候离开了。

蔡哩看见他的表情化为失望。

蔡哩却些微激动起来。晚上的庆祝餐，蔡哩喝了酒。她从来没接触过那辛辣透明的水刀子，酝酿万分勇气，舍命相陪，心头冒出一句歌词：爱情真伟大。第一次喝，她却发现自己酒量不错，文科男们都倒了，她还在。

3『在他翻倒之前』

第二年，黄苏子被选到新加坡南洋理工大学交换学习，联合培养，她一整年将在新加坡度过。在这所男生如牛毛的理工大学里，女生工科成绩也出众，让人很跌眼镜。黄苏子启程的那天，蔡哩被林照深拉去喝酒。喝到深醉，林照深嘟囔起来："文科没地位啊，没地位"！

当然。

他们的学校是理工名校，文科不过是追求综合的面子工程，少了几十年底子，难免虚浮。被林照深拉来共醉的，还有法学院的一群文科男。蔡哩觉得和这群人在一起，才有共同语言。放浪形骸，逞强口舌，这日子才好过！工科男们一脸痘子，直到毕业才想起该刮刮胡子再去面试。

"新加坡有什么好？现在还挥舞鞭子刑罚，野蛮。"说到激动，林照深抨击起来。他已经思维混乱，前一秒在抨击，后一秒问蔡哩："你看过《笑傲江湖》吗？"最后他支撑不住身体，翻倒在地，牛仔T恤一身灰尘。在他翻倒之前，拉着蔡哩的手，蔡哩面红耳赤不知所措，最后一起跌倒。

直到2005年春节，黄苏子都没有回来，她考取了南洋理工的硕博连读。蔡哩才知道，她当初进校，是华侨子女身份。黄苏子的父母是狮城知名画家。她与高中恋人分手，所以来这边攻读，避开不想看见的人，时光寂寞，接受了一个男生的殷勤。如今，黄苏子回到来处，与前男友复合。

这些情况，传到林照深的邮件里，充当善后的解释。

“林照深！”蔡哩说，“你也可以去读那所大学！公平竞争啊！”蔡哩自知，说这话，含着醋意。

林照深笑笑却不回答，似对任何事都容忍。此刻他在联系不同的公司，同时还要准备司法考试。

4『咒骂』

毕业那年，林照深被一家地产公司法务部录用。试用期上班第一天，他穿了衬衫西装，打了领带，还穿了新买的皮鞋。

蔡哩觉得有点陌生。黄苏子离开后，林照深就常常拉着她的手。是呵！她代替了黄苏子，在那个酒会上，她跌在他身上，吻到他的面孔。事后，他的文科兄弟说：“旧的不去，新的不来。”蔡哩在古代诗词鉴赏课上，翻到出处，反复看那一句“由来只有新人笑”。她是不是该笑呢？

她常常想起开学第一天，林照深油嘴滑舌帮她解围。但之后，他属于她之后，他常常沉默，爱皱眉头，若有所思。

人变得真快。林照深的语速在黄苏子走后开始降低。作为学长给新生辩论赛做评委，他说：“放慢点，别人才听得清楚，语言的力量不在速度，在于逻辑。”

他前后矛盾。蔡哩不知道是否黄苏子曾经要他说话慢一点，为人稳一点，性格沉一点，做人成熟一点。现在她是在坐享其成么？谁说得清楚。

她还没找好工作，不是找不到，只是不满意。两个人窝在租的小房间看碟。林照深租了整套吕颂贤版的《笑傲江湖》。

看到一半，林照深已经熟睡。蔡哩目不转睛看下去。

结尾处，从前活泼娇俏的小师妹，被林平之嫌弃怀疑刺了一剑，不复欢快。她坐在令狐冲的对面，披着白色披风，面色苍白，回忆起昔日，面上浮现甜蜜微笑，却黯然神伤。任凭林平之如何杀害她，她不渝。任凭令狐冲如何爱慕宠溺，都辜负。

蔡哩忽然也面色苍白了。她侧目，看见梦中林照深忽然咒骂："你还为他打掉孩子……"忽然又浮现幸福微笑，梦见了什么甜蜜的事。

他与黄苏子的过去，蔡哩无从掌握。黄苏子与前男友，就更加遥远缥缈。他早已因那个女生改变。

5『面目未尝更改』

2008年，老同学被安排到一桌。林照深俨然潇洒绅士，频繁敬酒，微笑迷人。桌面十分热络。

他来参加她的婚礼了，胖了许多。新郎非他，新郎与他素不相识，新郎是个开朗的银行小职员。她和新郎走过来敬酒，心头紧张片刻，瞬间平复。没人会不识相地重提旧事。果然，大家继续客套，他亦碰杯，一饮而尽，没多话。她转身完成下一桌客人的敬酒任务，听见后面林照深讲起笑话。那桌人，哄笑起来。

这个刹那，蔡哩似乎看见了最早最初的那个年轻男孩林照深。那个林照深洒脱不羁，浪漫心性，使她痴迷，小心翼翼怀着小企图。但很快，他开始和其他人交换起手机号码，询问最近在哪高就？什么职位？以后有什么合作机会……蔡哩敬酒回来，酒店闷热的空气被烟气熏染得浑浊。那些人，校园中熟悉无比的人，此刻陌生如巴士上的乘客。

她的林照深，在说再见的六月，她与他各自分道。

那个夏天格外炎热。他送她去机场，她签约珠海一所学院，一路他寡言少语，神情阴郁。大巴士开了空调，她在出风口下坐着，被吹得冷飕飕。他轻声说："我们换过来坐，苏子。"他丝毫没有觉察到自己的口误。他体贴入微，继续说："到了电话联系报平安。"

她面带微笑，心如睡莲一样凋落。

以为得到他，早不是那个他。别人改造过，面目未尝更改，心性已全非。这个过程无法逆转。

"再见。"他说。

总会再见的，直到面目也全非。

跟哲学家
深夜里谈人生

1『不靠谱男生』

2003年的M城重点中学三中像是走散了人群的车站，接近一半的荒芜兑和一半的无聊，让剩余的人都无所事事。没有办法，因为该去读大学的去读了，不该读大学的流落各地了。只有我们仍然重复着上一年的主题，我们有一个集体的名字，复读生。

我没想到又遇见了罗迈。我们在走道上装成你不认识我，我不认识你。

但是我还是瞥了一眼他的脖子，冬天还早得很，他就在脖子上挂了一条雪白的围巾，那是文艺男生爱玩的把戏，偏偏他脑门上的伤疤赫然。罗迈这个人就和他做的事情一样自相矛盾，浑身都在告诉每个经过他的人，他就是一个不靠谱的男生。

我不知道他有没有瞥我一眼，总之我们分开方向，朝文科补习班与理科补习班走去。

罗迈截至那一刻的人生，最辉煌的和最搞笑的事情都与我有关。

2『最辉煌的事件』

2002年我和两个女生走在学校外面的KTV一条街上，我说我想喝点东西，让你们等我一下。这一等，我就遇见了两个小流氓。我穿过一条巷子去买冰冻米酒，在岔口被拦住了。原本，三个女生和两个小流氓，还是可以对抗一下，无所畏惧的，但是我脱离了队伍。

那两个小流氓嘴巴上光溜溜的，连绒毛都还没开始长。但是他们手上的小刀子却是崭新崭新的。我哆嗦了一下，假装镇定地问："打劫什么？要钱包的话我就便宜你们，想劫色的话我就撞墙，变成了杀人事件警察一定会找到你们，你们就等着被判无期徒刑一辈子待在监狱。"

小流氓认真地想了想，说："那把钱包给我们吧！"

我就像是班长交接仪式一样，把钱包给了他们。

然后，罗迈就出现了。他穿着四个口袋的卡其色薄衬衫、牛仔裤和球鞋。罗迈制服了小流氓，然后把钱包还给我，说："你走吧！"我当时，不是不感激的，所以我问："你是哪个学校的？回头我请你吃东西答谢你。"他制服小流氓的时候，只是挥舞了两下拳头。那样子很帅。一个男生最帅的时候，大概永远是英雄救美的时刻。我的心脏，略微停电了一下，瞬间恢复光明，因为那里，截留了一个片断，是他眼睛明亮如灯火的样子，他像是爱迪生一样，解放了全世界的黑夜。

我还没有真正开始喜欢过一个人。现在，似乎开始了。

他也没什么表情，愣了一下说："好，你快走吧！我是三中的。"三中？我怎么从来没见过他，大概不同年级。

我听他的话迅速地出了巷子，回到队伍当中。然后我才想起来，我还没问他名字。呵呵！我又折回去了。

我不该折回去的。

那大概是他一生里最辉煌的事件。但是，我看见他恶狠狠地玩着小流氓手上的小刀子，说："把你们今天的货交出来。"

我看见两个小屁孩乖乖地把全身口袋里的东西全部掏出来。

罗迈撇开橡皮擦、肯德基优惠卡、硬币和钥匙这些零碎物品，他直接数了数五张钞票。手指都不迟疑地塞进自己的上衣衬衫口袋里。然后，他还摸出一根烟点上。

小流氓被黑吃黑了。

他看见了我，我看见了全部过程。

3『我很想笑』

我跟他一直对视。我的大脑陷入空白，这种人生的大喜大悲对我来说，还太过变换。我不是职业演员，不能习惯。一个英雄瞬间变成败类。

他似乎也不知道说什么好，烟在他手指之间燃烧。

小流氓跑掉了。小流氓小混混和大流氓大混混，在本质上，没有区别。

良久，他有点结巴："你，你还有什么事吗？"

我说：“我忘记跟你说谢谢了！”我已经不想问他的名字了。

但是，他却在刚才的对视里，有一点什么变化，他艰难地把烟弹掉。我眉头皱了一下，说：“那我走了。”

他说：“不用谢，举手之劳而已。”居然还会文绉绉用成语。他说：“我们交换一下电话吧！”我为什么要和你交换电话，我在心里摇头，结果，我嘴巴里还是顺口念了：“134……”罗迈就摸自己的手机，他一摸屁股后面的口袋，发出悲惨的喊叫：“哎呀，我的手机哪去了？那两个小鬼……”

我很想笑，但我生怕这一笑后果严重，我转头跑掉了，我说我同学还在等我，以后再联系。他记得住算他的本事算我倒霉，记不得算我的运气算他倒霉。

但，世界上的人，一旦遇见，一旦建立了联系，很多事情就不由人了。

他在我背后遥遥喊道：“我叫罗迈，走字底的迈。”

4『笑话主角的告白』

罗迈就这样以英雄的形象闯进我17岁那年，但又以不靠谱的行为收场，演变成一个笑话。我忍不住把这个笑话讲给另外两个女生听。

你看，女生和广播台其实是一样的。

很快全校都知道了。连罗迈也知道了。

关于罗迈，我开始留意起来。假如我不知道他的名字，我就不会路过公告栏，在最角落的地方看见学校大前年的纪律处罚。那些历年的公告，重重叠叠一层又一层，总有撕不干净的保留在边角。

他的名字像是一个符咒。我忍不住顺着残缺的几行字，读到说："我校一年级新生罗迈，在外打架斗殴，记大过处分。"

他又恶劣了至少五成。

他在我脑海里，拯救过我的一点点光辉记忆，相应地也被压缩。几乎要风吹而散。他就是一个坏男生，那次光辉不过是他漫长人生里一个意外的亮点，并且，还被我全盘撞见，返回现场，抹上一层灰暗。

但是，你知道，很多事情经过了许多人的口，就变样了。

连我自己也失去了控制。

事实真相最后流传成：某高三女生，被某流氓男生遇见，英雄救美。流氓男生洗心革面，开始发奋学习，以此求爱。流氓男生其实长得很帅呢！

我坐在学校餐厅里听见隔壁的学妹满面陶醉，并且还一人一句群口相声一样地说："祝福他们哦！简直是童话一样。"我了解真相，平时最香甜的红豆沙，顿时变成毒药。我怎么可能接受我的笑话主角的告白呢！

我确实收到了情书，但我没看，丢垃圾桶了。至于他是否痛改前非，认真学习做个好学生，这与我无关。

那一点点璀璨的美好，在他流里流气摸索着小流氓口袋的时候，烟消云散。

5『那一点点璀璨的美好』

罗迈终归不是书呆子，他不会只是默默地告白。他是混过江湖的小青年，不是只知道风花雪月的文艺少年。

他在路口拦住我的时候，眼睛通红。我猜，应该是抽烟太多熏的。

他说："我喜欢你，你知道吗？"

我默然不语。

他又说："你知道我有多喜欢你吗？那天我看你走进巷子怕你出事就跟进去。我一直偷偷地喜欢你，我知道你瞧不起我这种人。"

知道又何必坚持做无效的努力？

喜欢一个人是无法勉强的。

他没有对我动手动脚，他只是把手臂伸长，站在我面前不让我通过，我转到任何一个方向，他就旋风车一样转到那个方向。

我说："你到底想怎样？想怎样？想怎样？"我气急败坏连说三遍。

他也回答三遍："我只想，我只想，我只想……要你做我女朋友。"

前面的字，他说得气势汹汹，后面七个字，温柔如水。我呆了。

良久，我叹了一口气："这只能够怪我们本来就不是一类人。即使你很努力地向我靠近，但你本质还是个混混流氓。因为你没有像正面人物那样，去开导教育那两个小流氓，而是黑吃黑了一把，那是你没有伪装的动作。"

我看着他的眼睛，他的眼睛明亮无比，有着星光的璀璨，但是被他的行为污染了。我后来去了解了他的家庭背景，他离婚的父母，他爱钱的母亲，他不争气的父亲，以及他夭折的弟弟。他永远零分的成绩。我还知道，不少女生喜欢他这种bad boy，因为他有一张还算帅的面孔，虽然他不喜欢她们。

罗迈与我，差距太远太远，好比星空与湖水。我们如果要在一起，注定必须克服太多太多。

也许，我只是畏惧了。

他的目光黯淡了，眼睛灰蒙蒙的。

一个男生最后的底线被摧毁了，失去了骄傲的男生，犹如宝石失去光彩。

6『隔了一个暑假』

最后，我们散开，各自走各自的方向。我回家了， 他也回家了。

第二天，他没有再来学校。一个人是不可能用三个月的时间，追赶上功课的。除非他是天才。

罗迈不是天才。

他当然没有考上大学。

而我，我呢？

我也没考上，准确地说，是没考上我想去的理想的大学。我想了想，还是打算再来一次，用一年的努力，换理想的大学。我知道我的成绩有冲刺的必要。

我们都复读了。隔了一个暑假，两个月最炎热的夏天，我们遇见了，装不认识。我有想过，如果那天我没有想到去问他名字，凭借记忆中他的相貌去找他，也许我们真的就在一起了。要知道，女孩子最容易被这样的爱情打动。可是，尘世不是童话。

一个人要学坏，是拦也无法拦住的。

一个人要学好，也是谁也无法阻止的。

我不希望是为了我。我希望他是为了他那个喝酒成痴，醉得几乎植物人一样的父亲。

看到他脑袋上的伤疤，我在心里又叹息了一下。罗迈终究改不掉吧！爱打架的男生永远爱打架。不然不会又受伤，我不想做一个永远担心自己喜欢的男生的可怜姑娘。

天气转冷了。他脖子上的白围巾依稀像是手工的。大概他接受了别的女孩的礼物，那样也好。

7『有关他们的故事』

我没有猜错。

罗迈有了女朋友。那个女孩出现在他身边，像个天使。罗迈换了学校，不再和以前的兄弟往来。罗迈温和得像是书呆子，他在朝向书呆子的路上狂奔。他只用了半年时间，成绩进入了美其名曰“补习班”的复读班前15名。那意味着，至少有个大学上，不论一类二类重点非重点。

那个女孩一直陪伴在他身边。

有关他们的故事，开始流传开来。

据说那个女孩在路上被单车撞到了，被人欺负了，世态炎凉，无人见义勇为站出来，挺身而出的，又是罗迈。脑门一道疤痕，因此而来。

这个情节原本老土，但是重复两次之后，顿时尘埃吹散，光彩返回。我被震惊了。

然后，那个女孩，是大一的新生，情愿退学要和罗迈一起读书，朝向一所大学。他们是要创造一个奇迹么？

我的眼睛开始发酸，然后心开始发酸。

眼睛发酸，往往因为流泪，而心，则是因为妒忌。

后来罗迈的父亲被确诊癌症，他们一起照顾那位我从来没见过的大叔。大叔说他死也瞑目，因为儿子有这样好的一个女朋友。

我没有出现在他身边。我在参与他的人生的出场瞬间，退到了幕后。我永远不会再与他同台。于是，别的人代替我上场了。

我们的考试结果一起出来。

我去了我想去的大学。

他们两个也去了他们要去的大学，他们创造了一个小小的奇迹。同时，罗迈的父亲去世了。是的，他最难过的时候，我不在他的身边。

可是，罗迈说过他喜欢我。

我呢？我也是喜欢过罗迈的。

很多喜欢来不及发展为爱。

畏惧、胆怯、自私或者偏见如硝酸，普通宝石腐蚀为黑炭，唯有璀璨纯净的钻石不受影响。

补习班没有正常中学生的毕业情怀，拿到录取通知书就一散而光。

我们三个人相遇在校门口，罗迈对我说："祝贺你。"

我说："祝贺你们。"那个女孩似乎对我曾经暂时出现在罗迈生命里毫不知晓。她对我微笑一下，然后靠在罗迈身上，一起走远了。

多年后，我在大学课堂上，听教授背诵德国哲学家谢勒的话，他说："命运不是发生在我们身上的事，而是我们自身的一个组成部分。"

我们的命运，是我们必然的选择。

罗迈没有回头。

我也没有。我们各自越走越远，再无交集。但我哭了，蹲在半途的路中央。到如今，我仍然记得那种恸绝良久的痛哭。

两个少年

2001年夏天，陶冶与许中在人行道上争执起来。

“喂，你说，我们班啊，是不是没有最丑，只有更丑……”

“简直是东倒西歪，无从下口！”

……

“我打赌陈萼是近视眼，她看人总有点呆滞，眼大无神，又是暴牙。”“我打赌不是，充其量戴了隐形眼镜。”两个辩论嗓音压抑而带着喜感，是男生之间荷尔蒙分泌过量，凭空就能诞生的挑衅与战争。

“好，谁输了谁就得去追她，谁说话不算数，谁就是乌龟儿子。”陶冶说。

假如追求我，是对一个头脑正常，智商及格，长得也不错，并且打赌打输了的男生最大的惩罚，那么我很愿意把这两个男生一并惩罚掉。

他们都很帅。他们的赌注，向后飘，再向后飘，入我耳中。热闹清晨，缝隙余光，是所有开始的开始。

1『鲜艳的资本』

很多时候我都是默默走在人群后面的位置，尽量让脚步移动得不要太显眼。因为有人告诉我如果你没有光鲜的资本就不要太过显眼，因为那样只会变成丢人现眼。

许中出现在我旁边献殷勤的时候，我尽量让自己保持矜持。很奇妙，当你明明知道一场阴谋在实施，但你早已经洞悉先机，你会小心翼翼，又升腾起参与欲望。大部分游戏都会强调重在参与。

许中是班上为数不多出众好看的男生。这样的男生却对一个“丑小鸭”摆出谄媚面孔，很滑稽，也很令其他女生愤怒。因此，我答应了他。

许中的眼睛里写满了“恶心”两个字，但头皮仍然硬着提出晚上是不是找个地方约会，比如学校外面的奶茶店。我顺水推舟：“好啊，我还想看电影，不如喝完了奶茶再去华纳万达。”

我想，我或许多多少少怀有“这都是你自己找上门来的”作恶心理。

2『男生是爱面子的动物』

我们真的就去看了电影，看完电影以后，我的手主动凑到许中的掌心里。他大概很想瞪我，但却瞪向背后漆黑的夜空。我知道，必定有一双眼睛窥视着他的表现，大概还不止一双。那些眼睛是鉴定他愿赌服输的大法官。

我不过是平凡到可怜的女生。我央求父母带我去牙科医院，但他们只回答我，等你上大学吧，现在功课紧。

但是陶冶故意在下课后跟我撞到。我没有摔倒，只是摔掉了眼前的整个世界，变成了模糊的一团雾气。

许中忍耐着我的手，我知道他走完了这条街道，明天就再也不会多看我一眼。所以，我走得很认真，再没有抵达尽头之前，我对他提出了一个要求："可以吻我一下么？"

许中就愣了。他的面色渐渐很白很难看，像是话剧演员擦了太多的粉。我站在他面前，他看不见自己的背后。但他一定觉察得到背后的那些"众目睽睽"。藏于黑暗之处，准备取笑他的失信。

我知道，男生都是爱面子的动物。我还知道，喜欢许中的女生，实在不少。

许中轻轻靠近我，形同碰到魔鬼。我的嘴唇飞过一只蜻蜓。

3『雷声太大我听不清』

荒诞的闹剧结束，在第二天，晚自习之后，过道角落的灯光忽然暗掉，一群人向我围上来。

我趴在地上，视线不能离开地面半尺，痛感走遍全身。我看见一双白色的球鞋，在夜光之中白得奇特，像是刷了无数白油漆的白，又添加了漂白粉。是陶冶喊的"住手"，女生们就一哄而散。

我的鼻腔里又咸又甜，温热涌出一股子液体。

我感觉自己被翻过身体，然后看见了陶冶的脸。那是一张模糊的脸，我闭上眼睛。他慌乱地问着：“你不要紧吧，不要紧吧！”我趴在地上，犹如死去，那般痛苦绝望表情，几乎数到了一百下的时候，才睁开眼睛。

我说：“不要紧，死不了人。哪个女生懂事以后，没见过这些血？”陶冶哭笑不得。

我拿袖子擦掉鼻血。她们揍我是应该的吧，我想换了我旁观，自己也是看不下去的，简直是玷污许中的雌性色狼。但我还是说：“谢谢你啊，陶冶，你真善良。”我把书面才用到的词语，毫不吝啬地用给他。陶冶似乎被什么噎住，片刻后才说：“我送你回家吧。”

我说好，陶冶默默地跟在我后面当保护使者，跟了许久，一直到风猎猎地吹起，夏季暴雨即将施威，他才返回。我从家里拿出黄色雨衣给他。雨就像暴君一样发怒了，闪电雷雨，轰鸣不息。

他在雨水里喊：“对不起！”

“哦，你说什么？”

他又喊了一句。但是我对他回喊：“你说什么？雷太大我听不清。”

闪电瞬间照亮他的时候，他的白色球鞋被雨水打湿。

4『忽然尴尬』

2002年高中毕业之前，陶冶都对我很好。他像男朋友那样对我，我并不拒绝，也不畏惧。我们的关系走得很近，但仍然没有越过屏障。我说想吃冰淇淋，他便去买。我甚至问："要是高考我坐在你后面找你要答案，你会不会给？"

陶冶愣了一下，回答："也许会给吧！"

我拍着他的肩膀说："够义气"他说："别客气，我们谁跟谁！"我忽然凝神看他一眼："那我当你女朋友好不好？"陶冶埋头看试卷，有点尴尬，说："也许会吧。"我说："开玩笑的，胆小鬼啊你。"我问他："你打算考什么学校？"他犹豫片刻，说："华中理工大学。你考上了我们就有希望。"

长得差，但可以功课好。在后来改名字叫科技大学的标志性雕塑下，陶冶有点认不出我来。他似乎完全没想到真的会在理工大学等到我。他有点怀疑地说："你是，陈荨？"

"是，我当然是。"我抿着嘴巴含蓄地发音含蓄地笑。我花了一个暑假做牙齿矫正，我戴了牙套。事实上，我只是被最大的一个缺点，拖累了集体五官。用心一点，我不是完全没救的那种。

至于许中，他去了北方。关于他和我的一些传闻，在天南地北的大学里，遗忘如烟。

陶冶似乎还要问什么。我直接回答他："没有整容，只是学习了下化妆，去了牙科医院。至于近视，并不特别有碍视觉，戴隐形就好了。我还需要一点点时间就可以拿掉牙套。"我还说："还真得感谢那次倒霉，说不定谁的一巴掌，把我的牙齿人工矫正了一半。"

我轻轻吐出一口气，我所有努力都是因为你。

陶冶忽然尴尬起来，东张西望起来。

5『拙劣表演』

一直到2006年的大学生涯画完句号，他的面孔总隐约浮动微妙情绪。

我勤奋学习化妆，绝对不想让他腻眼。后来我以女朋友的身份，被陶冶带去见同学也并不丢人。我终于取下了牙套。我学习厨艺，在外租房，烹饪水平胜过学校外风味小菜馆，更胜过学校餐厅的名目。我成为最符合标准的女朋友，有我在，他没有任何必要接近其他的女孩子。

整个青春，我并不过得比任何一个女生差，也许其他女生以为我的青春会是空白的。如果要我感谢命运，我更想感谢自己。

我并不是喜欢偷听的人。他和许中打赌说的话落到我的耳朵里，因为我一直跟在他们后面。那条上学路上，密密麻麻的林阴穿梭着许多人。每个发生过的偶然，都是必然。一切开始的开始，并不是两个少年的赌局。我喜欢他许久了。在自己喜欢的人面前，那么丑，那么难过，那么不甘心。若有机会，我不想放过。

全世界只有许中知道，因为爱与不爱，一碰即知。他和我都表演得那么拙劣，只能够骗到别人，骗不到自己，但这已经与他无关。他大概非常厌恶使他陷入难堪的陶冶。厌恶到，他闭口不提，一言不发。

我的毕业体检报告上，黑色印刷体印着“视力1.2”。我的同学在说：“干吗戴眼镜哦，为了好看？小心得结膜炎。”陶冶在旁边忽然面色很冷，很苍白。我知道，我们已到尽头。他签约了南方的企业，在我先签了北方的一家公司以后。我们混入了毕业那天一起失恋的滚滚大潮中，顺理成章，不惹人眼。后来我还听说他周转跳槽，此后不知下落。

晦暗神色，轻盈跃过陶冶的面孔，越过八年光阴。

6『如果你是上帝』

我们最后一次面对面是在学校外的半夜路边摊。陶冶醉了，喝了太多，醉得很厉害。他说：“你妈说你从小好眼力，都帮她穿针线呢，戴什么眼镜？”“陈葶，有意思，有意思。”他说，“很有意思，我他妈都不知道什么是恋爱。”他就趴下彻底醉了。那么深的夜，一个大男人，我根本背不动，我守在原地，烧烤摊都收摊了。许久他才醒来，我泪流满面，又风干无痕。他说：“再见吧！”

后来的陶冶与我，各不知对方所踪。

羚羊逃过
猎手的爱情

“走，别磨磨蹭蹭了，时间不多了。”孙仰一把拉出还犹豫在门旁边的羚，他的手凉凉的，像是才玩过雪。羚只来得及一把抓住门柄，响亮关上。跟着孙仰三分钟后站到检票入口。一路上大雪初停，清冽空气使得行人个个表情清醒。电影院非常近，近到看着楼下漫长排队的年轻学生，羚就没什么胃口去看了。羚讨厌一切考验她耐心的事情。

就要撕票进场，孙仰又说等等。羚哭笑不得看着他动作缓慢下来，把两张电影票塞到她手心，然后自己折向零食柜台。

爆米花要巧克力味，哈根达斯要夏威夷坚果味，饮料要七喜。羚看电影必定也会要吃的喝的，每家电影院主打配售的总是这些东西。但孙仰说的三种口味全都不是羚平时的选择。羚接过滚烫甜香的爆米花和纸袋冰凉冷手的汽水纸杯。孙仰跟她说四号厅第六排，23和24。还跟她说，女孩子看电影不能不吃零食，又说她一定会感到震撼的。

羚心想她已经很震撼了，被他抓来看电影。

当四号厅内的观众纷纷尖叫起来的时候，羚也尖叫起来。

1『七成饱』

羚的叫声清脆简洁，一下一下地好比黄莺，而其他观众则好像动物园开了演唱会。尖叫的空隙，羚侧头看孙仰，他坐得松散舒服，几乎把椅子当成小床，就快要滑落到地上。孙仰的鼻尖在暗处显得轮廓分明，倒是有点像大银幕上的那些外国人。

黄石国家公园的火山爆发时，烈焰升腾起，无数通红燃烧的熔岩石块像是导弹，四处喷射向着几十公里的四周蔓延，那火仿佛就要烧到观众身上，摄人心魄。羚想不出别的词了，只剩下壮观。但这只不过是壮观的前菜，距离精彩的主菜还有半个多小时。

十一月，中国各大城市交通事故率普遍增高，因为雪中雪后路面打滑而酿成大大小小的悲剧。那些在车上赶着回家，看着雪花快速划过眼帘而成为白色线条的人，看不到过后的天晴。羚站在她上班的写字楼窗前，眼睁睁看着楼下一辆车开出了车道，与另一辆摩托车四分五裂，搅在一起，殃及边上无辜的两个行人。因此15日的下午下班后，羚小心翼翼提着黑色塑料袋，踩着地面，上了大巴而不是出租车，回到公寓。她的塑料袋里装着贴心贴胃的家常食材，细腻的香菇，坚韧的豆干，厚实的萝卜，鲜嫩的丸子，煎之熬之，成就一盆寒冬暖锅。她一个人住，一个人吃，一个人看电视，准备吃饱后再一个人入睡。有食物，有暖气的房间，好比天堂。

七成饱的时候有人敲门，敲门的男人叫孙仰。孙仰把她带入地狱。

2『终极灾难片』

整个银幕就是地狱，大地倾斜，地面裂缝吞没人类，洪水滔天，席卷全球。千年前的玛雅语言，2012年实现。地球面临毁灭时，羚被震撼得忘记了呼吸，她目睹了华盛顿白宫毁灭，埃菲尔铁塔倒下，梵蒂冈教堂坍塌，蓝天白云的海域夏威夷成为火海。最大强国美国的黑人总统匍匐在雪地里，放弃登船而牺牲，船长要与沉船同共存亡。现代版的诺亚方舟居然在中国制造。

世界屋脊珠穆朗玛倒下，南北极移位，最高点变成了好望角。羚模糊了剧情的记忆，脑海里只有那些毁灭来临时人类的表情。千万人围绕昏黄色的烛光，祈祷落空，凄婉悲伤，绝望无助。也许终这一生，羚都遇不到世界末日，但她却在眼前预先看见这些画面。

在她身边的孙仰，灵魂仿佛泛散，喃喃地说没想到比预告片还壮观。这是她第二次见到孙仰，他们一起看了一部终极灾难片。

骄傲自大的美国佬永远喜欢让拖家带口的中年男扮演拯救者，但这已经丝毫不重要了。重要的是，电影所能呈现的极限，地球上所有能够毁灭的都被毁灭了，其他的导演还有什么可以拍的？只有毁灭太阳系毁灭银河系去了。

没有上帝没有救世主，人们靠权力靠十亿欧元买逃生的船票，以及靠60亿分之几的小概率赢得机遇，写科幻的小作家主角，靠机遇赢得了全家活下去。世界末日壮观上演，无数人死去，少数人活下来。电影与现实刚好相反，多数人活着，少数人死去。就像羚下午看见的车祸。

孙仰与羚对看了半晌，他在电影院门口说："我送你回去。"羚点头。路程虽然很短暂，也足够交换信息了。

"你常常带你女朋友看电影？"她问。

"嗯，也没什么别的娱乐消遣，看电影便宜又实惠。"他答。

"你们完了吧？她把房子昨天租给了我。"她又问。

"大概吧！你不是看见我们吵架了吗！四年的感情。"他不再说话。羚就也沉默了，她看见他们吵架，大叫着对方的名字让对方去死。

孙仰就仰头深呼吸一口冷飕飕的空气，吐出白色的雾。到家了，那是间单身公寓，20平方米，住得下一对情侣。但前主人决定销声匿迹不再继续。分手不会只因为一场吵架，不过人总要接受事实，不爱了，就分开。他来找她，准备道歉求情，但开门的是羚。

电影票没必要浪费，他只能这样想。

3『留下的习惯』

第二天，她再次见到孙仰。他们一起在街边吃物美价廉的火锅，聊昨天看的大片。不知道为什么她很想对这个男人说实话，她说她的前男友找了一个让他少奋斗十年的女孩子。大学四年加上工作两年他们在一起一共六年，现在她只好重新习惯一个人生活。他抚摸了她苦笑的脸颊。她看起来那么年轻，最多二十四五岁的样子。总之，她逃开一座城市，来到另一座城市重新找了工作。趁火打劫，以极低价格转租了黄金地段的小户公寓。没想到，顺便接手了前房客的男朋友。

他们看了一场太过壮观的灾难电影，忽然觉得，有必要在这个世界上，重新安顿好自己，目睹灾难令人加倍渴求幸福，即便是虚构的灾难。

坦白总是双向的。听了羚的，孙仰说，前女友从不留他过夜在这个租的房子里，以免他不求上进就地消磨，她要他卖命工作买大的房子然后成家立业。但他畏惧沉重的房奴生涯。

路口吹来的风令她的手指冻得僵硬，掉了一支去夹豆腐皮的筷子。失灵的手指被孙仰抓住，夹在腋窝里。那是一个男人的体温测量处。羚稍微脸红后笑了，她说她也不会留他过夜，不过要那么大的房子做什么呢？一个家再小仍然是家。

但羚说的话，没有算数。那天晚上他们躺在一起直到天亮，安静并列，只是听着彼此的呼吸入睡。在冬天多一个人的体温，格外安定踏实。

"干脆我们结婚吧！"天亮时他说。羚想了一想，说好，但他已经离开了。

孙仰很快回来，左手豆浆，右手小笼包。羚想起今天周六。

他们拥有充沛丰盈的周末。

三个这样的周末后，孙仰站在装潢美丽的样板间，眼睛闪闪亮光。麻雀虽小，五脏俱全。羚和孙仰，共谋大计，讨论着一套45平方米的小房。

做阁楼，玻璃隔断，要白色窗帘，离中心城区有一段距离，没关系，年轻足够早起晚归。重要的是，他们不是一个人在买房子。越说越兴奋，声音拔高。

脸色略青的女孩走过来瞪住孙仰："小声点，你们吵到别的客户了。"

大家都是客户，售楼小姐就敢训斥他们。

这个女孩有三重身份，羚的二手房东，孙仰的前女友，此刻的售楼小姐。她看电影喜欢吃坚果口味的冰淇淋，喝七喜，配巧克力味爆米花。她留给孙仰的习惯，羚见识过。

4『藏羚羊的速度』

长跑最快的动物是藏羚羊，奔跑速度可达到每小时70到110公里，速度飞快。

人，本来是奇怪而笨拙的动物。那个女孩居然跟他们又见面了。她的速度比藏羚羊更快，因为有出租车。那个女孩回到那件房内，在他们抵达之前。孙仰带着羚扭头就逃，像躲瘟疫，躲洪水一般。她居然还有门钥匙。

她的神情很可怕。要是孙仰失魂落魄憔悴无趣也就算了，但他速度飞快地有了新女朋友，并且还带着去看房，那就不一样了。她简直觉得自己胸口里有一座火山在汹汹爆发。

这套小公寓原本有铮亮的抽油烟机，洁净的衣柜，整齐的床和收纳规律的书、杂物，现在统统被损毁。羚来不及阻止，也害怕阻止，只觉得那是一个疯子，让人回忆起电影里天昏地暗建筑崩塌的场景。孙仰大喊着："莉莉你冷静点！"最后，他拉着前女友往外走。羚想，孙仰大概要一段时间处理问题。最好，等他主动联系自己吧！她收拾房间，整理损毁的物品，照常上班。

中间，又去了一趟那个楼盘。

她没有找到莉莉，她们说钱莉莉总算上了那辆七系宝马。

奇怪的是，她沿着人行道走着，看见了莉莉，高跟鞋很细，套装很制式的莉莉，被风吹得直哆嗦。她从背包里抽出一件羊绒线衫来，说：“穿上吧，看你冻的。”莉莉就哭了。

砸烂很多小东西的莉莉，没有把一件东西往人身上砸。被宝马等了许久的莉莉，今天上了车，却又下车。或许，那个狠心闪人的莉莉，使用了最笨的招数，也只是痴望一件简单的事，要一个男人有所触动改变。

真傻！她替莉莉整理吹乱的头发，说：“我请你看电影吧！”

5『世界走到尽头』

爆米花喜欢奶油味的，汽水喜欢美年达，冰淇淋喜欢朗姆酒口味的。这是她的偏好。她给自己买了一份，给莉莉买了一份，按她所知道的莉莉的口味。

忙于联系客户介绍方位背诵资料的莉莉，很久没有心情看一场电影了，还是一部好莱坞大片。

千万人下饺子一般坠落大海，堕入深渊，埋葬于火海，陆地呈现，海底凹凸，世界新旧交替，物种仍然延续。羚看着目瞪口呆的莉莉，神不守舍，投入了其中。

我们活在选择里也活在比较中，活在画报的广告里，活在杂志的宣传里，也活在现实的不公平里。有人开宝马去米其林餐厅，房子一千平方米。有人靠双脚，啃汉堡喝可乐。有人高中毕业就生儿育女，平凡自足。有人换过很多个情人，却孤独一个人。

世间法度，社会规则喜欢公平。

唯独爱情例外，蔑视公平，看低公平。

放入一个更大的背景里，会看得很清楚。比如明天世界末日，什么才是你内心真正需要的。因为人永远选择的是当时觉得最重要的人或物。她没有问莉莉看出什么。那已经与她无关。

“请把房租退还，转账至招商银行孙羚，账号是……谢谢。又，祝你们幸福。”

留了纸条，收拾好行李箱。她匆忙下楼，拦了出租车。

她并无损失。

三十多天的短暂恋情，那也是恋情。这中间被呵护，被关切，被宠爱，一般无二。她将铭记手指夹在那个相同姓氏男人的腋窝，享有过的熨帖温度，还有陪她一起看那场世界走到尽头的终极大片，体验到的震撼惊叹。这些记忆真切无比，必将凝结为珍珠。

她庆幸已经领会爱情本质。爱是你不能够与我在一起了，我将等待下一个，下下个愿意陪伴我的人。

孙羚找空姐要了三条小毛毯，她低估了这座城市的气候，这个冬天她被冻得很惨。凝望下方流逝的云，孙羚放低座椅，轻轻入睡。世界与人，一般无二，旧的结束，新的开始。

CA904航班的飞机会带她去往下一个亚热带城市。

梦先生做惯了
绝世好友

2006年秋天，不是没有人说："你们这般人未免也太坚忍了，下雨也要办，你们是发疯了。观众都不知道会不会来一个。"

陈珊说："喜欢的人自然会来的。"

小小一台表演会，谢然在台上手弹足唱，其实也就是学生水平。但是陈珊把广告词写得字字锦绣，夸大其词，看得人觉得错过这一场就绝不再有。来捧场的同学居然拥挤。

可想而知明日校报报道的摄影配图会很好看，不会丢脸。谢然说："陈珊你真厉害。"

外面阴雨下得蓬勃热烈。陈珊就说："没什么，来参加活动的，到时候评选优秀宿舍，加倍奖励香皂洗发水。我以权谋私。"

谢然由衷地说："陈珊你真是才女啊！"

陈珊给他写自创曲，写词，包办活动组织筹备进展和现场观众。

陈珊“嗯”了一声，“是的，豺狼虎豹的豺。”谢然愣一愣，然后忍不住大笑，笑得发自内心，无比真诚。他说：“你真是可爱。”

其实，陈珊只不过狠心花了半个月生活费，买的门票送了人。那些贪爱小便宜的人，能够免费观赏，为什么不来呢？

谢然忽然张开臂膀，出其不意，他抱了一下陈珊，“谢啦。”

那怀抱温暖，但转瞬即逝。

陈珊定住自己的神，说：“不谢。”

她帮他太多，不只这一点。自己都习惯了奉献。

1『真的长得很有才华』

2007年10月，在谢然的右手边见到新鲜的面孔，此时生日蛋糕朦胧了在座所有人的视线。谢然过生日就近在学校的食堂摆了一席。寒冷的北方冬季，来的都是邻近高校的好友。以及，谢然新的女友。

来的时候，陈珊穿过百年大讲堂，经过没名字的湖，在名教授们的老宅那边，喂了一只不惧冷风的猫半块火腿面包。天色半昏，她来得早，谢然问她到了么，到了就干脆代替他把菜给点了。陈珊诺诺说好。谢然补充：“那个，可别超过200啊！”

即要够吃，又要够面子，耗费唇舌，思虑搭配，计较价钱，她为他殚精竭虑完成任务。

分量足够，酒也足够，吃了半晌，必修的步骤也该做了。陈珊主动去交代服务员关一下灯烘托氛围。新鲜面孔给谢然点生日蜡烛。22岁的谢然闭目默然许愿时，被烛光映照得一脸暖黄。

陈珊骤然想起梦先生的一句话：“沿路一起走半里长街，还记得街灯照出一脸黄。”

十个女孩子，十个不能够抗拒梦先生的话。他是她们的爱情圣经。

新鲜面孔一如新鲜的水果蛋糕，可爱又可口，她嬉笑喂了谢然一叉蛋糕。一干人起哄：“来来来，交杯蛋糕。”谢然和那女孩各挖一勺蛋糕，交手错颈，又亲又热。

玩得兴致高了，谢然手持汤匙说：“来来来，大家一起交杯。”

轮到陈珊，她推一推鼻梁上的眼镜，仰头迎上。

这是她的福利，就算不过是游戏举止，就算不过是辛苦酬劳，她也应得。但上天并不仁慈，或者她太紧张，眼镜滑落，众人笑场。谢然尤其笑场，陈珊的蛋糕喂了他满口，他的蛋糕落地变成尘土。

有人带了照相机记录下当时的画面。

事后拿到照片。让她不堪目睹。

一直等到2008年，陈珊拿出来念旧回看，看着看着，忽然觉得，那个眼镜零落的她，怎么有点像时下芒果电视台的热门角色——林无敌。很有才华的林无敌。

才华是名词？还是个形容词？

同年梦先生在北京的书店做小型宣传活动，陈珊慕名而去，头一次见到真人本尊。回到公司，同事急切兴奋问她怎样。怎样？她想一想，忽然苦笑说：“他真的长得很有才华。比起照片来，还要有才华。”

宁要半分美貌，不要全部才华。

2『我等你』

然而当时，趁宿舍里没有人，陈珊努力了一个上午，终于还是失败。她一再小心翼翼，那玩意儿一再拒绝配合。最终陈珊恶上心头，用力捏扁手指上那小团脆弱透明的小东西。

下午，两眼被折腾得通红，眼泪迷漫。觉察有发炎的可能，陈珊慌慌忙忙翻找出病历卡去校医院。

问诊，开药，遵医嘱，陈珊再低头匆忙退回宿舍。她不想被人看见这幅狼狈样子。

谢然的电话温柔得不正常，“有什么不开心？就说出来啊！”

“其实还好，没什么不开心的。”陈珊“嗯嗯”说，“还好。”

“心情不好，眼睛都哭红了，路上喊你都没听见！”谢然的关切叫她不知所措。

“是不是失恋了？”电话那头长叹一口气，“我也失恋了……”

“……”

她想彻底尝试扭转自己，从头开始做人。她想戴隐形眼镜，却在看了医生后才知道她的眼睛轮廓不适合。她不是没有妄图，妄图连人带心收纳掌心，从友人化身为恋人。她默默听他颠三倒四讲些胡话。

谢然说：“还是你最好，肯听我说话。”

谢然说：“你和那些女生不一样。”

谢然说：“你对我真好，我现在想见你。”

陈珊忽然醒悟，他喝酒了，他边说电话边在灌酒，把自己灌醉了。

谢然说：“我现在想见你好不好？”

陈珊问：“你在哪？”

谢然报出的地名房间，是他和已经不再新鲜的某个面孔同居的地方。

谢然说：“我等你。”啪一下电话断了。

3『比哈姆雷特更矛盾』

2008年9月，陈珊认真读报告，给老板整理材料。

无人怀疑她成为老板助理使用了特别手段。没有美貌，不必手段。靠实际能力，业绩斐然，终于担纲像样职务。

她忙里偷闲，有时候回想是怎么遇见的谢然？2006年的入学日？人群里目睹他自弹自唱？好看的脸，好看的人。然后加入他所在的社团，参加有他在的活动，渐渐相熟，彼此了解。眼看有女友的他，来来往往，都是漂亮面孔。

他说“我等你”的那一天，整个地面上，是冬日过去春日将至的浅绿。陈珊步步犹豫，熟悉的街道，熟悉的天空，熟悉的同学打招呼，熟悉的教授开车停在学院门口。唯有岁月不等人，明年，明年我们各奔东西。得到，不论多少，不管身心。去还是不去？陈珊比哈姆雷特更矛盾。

陈珊在谢然家门口站了整整五分钟，数着秒钟做决定。最终还是转身，转身跑开。她不缺少有才女生的伟大矜持，以及修养品行。

陈珊几天后遇见谢然，谢然照旧笑嘻嘻跟她打招呼。他央求她有毕业手续什么的，顺道帮他办了。她诺诺答应。万死不辞。而他一觉醒来，都忘了。忘了诉苦，忘了对白。

“谢然，谢然！”她在背后喊，“你要去哪里，你找好工作了？”

“是啊，是啊，拜拜先。”

再次联系，是毕业后一年，他人在外地，请她跑一趟户籍管理处。他要补办身份证，他钱包被偷了。没身份证办事不方便。陈珊无法退让，虽然她忙，为得口粮，卖命公司。

办好以后，他说加急快递，感激不尽，欢迎到他的城市去玩，一切全权全额招待，可以携带“家属”。

她没有家属。心太狭小，还没彻底清空，不容其他。

4『锦与雪，花和炭』

2009年的春天到处下雪，谢然忽然发短信给陈珊，“我来这边，请你吃饭。”

地点是昂贵餐厅，满桌也是值钱菜肴。看见谢然，陈珊愣一下，说：“你怎么胖了这么多。”

“天天有老婆管吃管喝，不胖也难。”谢然有点小失落。

“老婆？你结婚了？”她想起她急忙忙领到了给他快递过去的身份证。

谢然说：“你变漂亮了。”

当然，为了见面，临时花钱请高明化妆师收拾自己。好歹没有白费金钱。

谢然说：“她怀孕了，我来把户口迁过去，你知不知道找学校哪个部门？”

“真好，恭喜恭喜啊！”陈珊笑着恭喜。

“哦，你们应该去找母校学生处。这边我还熟悉，我帮你回头问问吧。”几乎是冲口而出，自己都痛恨自己。

他满目温柔感激，说：“谢谢你。”

“不用谢，你请我吃这么好的东西。”陈珊放开肚皮吃。锦绣鱼翅如雪燕窝，各个消灭，味蕾多么快活。

“你是他锦上添花的花，雪中送炭的炭。有你承蒙，有你关照，他会活得很好，没你还有他人关照他也差不到哪里去。因为你不是他的锦，不是他的雪。甘苦喜忧，你都不是他的最初起源，只是花和炭。”

绵里藏针明知故问的节目主持人访问梦先生：“Mr.黄占据你一生什么影响？与你抑郁症何关？”梦先生回答：“那人是我抑郁的起源。”

挥霍金钱，赶上万里路捧场演唱会，写一千首词围绕一个主角，悲伤抑郁。梦先生的所作所为，统统言为心声。

梦先生的新作品写：“得到好处的你明示不想失去绝世好友。”

梦先生做惯了Mr.黄的绝世好友。

陈珊做惯了谢然的花和炭。那就彼此勉励，一直做下去吧。

林夕说“原来你非不快乐”。

男孩走过最坏的时光

1『豪客』

有时候我坐在“豪客来”，我想喊服务员但是服务员有很多个。有的站在柜台忙着结账，有的站在门口忙着带客找座位。被视若无睹，我就想：为什么这些餐饮店老板们不让服务员们统一穿球衣呢？前胸后背都有巨大的阿拉伯数字，不管她们有没有大罩杯，这样叫起来更方便。比如那个，X号服务生，我的牛排不是说了不要意大利面条吗？我不是说了我要换成土豆泥？

每个星期我都会去吃一次牛排，去的是街头的普通牛排店，我要是去得起五星级酒店，就不会在这种店里日积月累摸索出经验。

我赚到了，我吃得又饱又满足，虽然我的算计显得特别小家子气。我甚至幻想，如果来得久了，我会不会变成一个真“豪客”？

吃着吃着，我忽然失去了胃口。墙壁上的电视里说女孩嫌弃男朋友穷，干脆分手了。一个月后，这个男孩中了彩票八百万。他又去找那个甩了他的女生了。新闻末尾故意留下悬念：那么女生会不会回到男孩身边呢?

八百万啊！我嫉妒那个变成了真正“豪客”的男主角。

我还想起了一本书，书名叫《八百万种死法》。

去死吧，中了八百万的小子。我顾不上食物冷却，大脑千头万绪，百感交集。如果我是那走了狗屎运的小子，日子会有很大改观吧。我也上过报纸露脸过。上过之后，有很长一段时间，认识我的人看我的眼神古怪诡异。“柯杰啊，你换个公司吧！”老同事这样劝，我真的就换了。我和八百万小子都是因为前女友上头条。20岁的宝珠和我共住一间小房子，楼顶的天台上晒满了衣服，我们一起洗刷，衣服挂上绳索，贴字条区分警告邻居。不管哪个年代，城市总有便宜的民房地带。我们在小房间内嬉戏打闹，互相拉扯。抱在一起的时候，想一想未来。

2『未来』

我们在一家公司的一个部门。我对宝珠来说是透明的，她知道每个月我的工资条上每个组成部分各有多少。加班津贴、员工福利、业绩提成，条理分明。交了一个做财务会计，做薪水表的女孩，我真的是坦诚相对。钱都归宝珠安排计划。有时候她说肚子饿了，我会咬牙冒着42 度高温身重脚轻地下楼去买湖南米粉。

宝珠是湖南妹子。我爹有次开玩笑说：“找个湖南妹子好啊！水色好。”一个可爱的，脸颊水嫩粉红正处于青春巅峰的女孩子，愿意跟我每天回到只有11平方米的出租屋里，看着发黄的天花板睡觉，一起在早晨醒来，一起想想未来。想到这一点，要我做什么都心平气和。你一定疑惑，我这种平凡的年轻男人，大学毕业，野心不大，每年都有几百万个漂浮在各大城市，怎么会上报纸？那是宝珠彻底、迅速消失后的第三天，我爬上长江大桥的栏杆，偶然回头看看观众，真像在拍戏。可是当我站在栏杆外，小时候看过的连续剧主题曲居然涌上心头。“滚滚长江东逝水，浪花淘尽英雄。”我这是在殉情，殉情算英雄还是狗熊？

小人物最悲哀。

3『新来的』

如果我真的挂了，就看不见隔日报纸上自己的样子了——憔悴男子失恋欲殉情。如果宝珠走的时候卷走了我那点款，也许我会觉得她很糟糕，不值得太伤心欲绝。可是，她把存折留下来了，连同她自己银行卡里的存款。我更觉悲凉，这是比爱慕虚荣更加庞大的侮辱，完全不在乎、不屑于占男人的便宜。

差一点就要跌脚失足，落入江水前，被一张大网套住，拉上去了。据说那是反自杀民间组织新发明的工具，义工们定期巡察著名的自杀圣地。民警说我们这种扰乱治安的行为其实是要罚款的，不过算了，都是可怜人。我突然不想死了。但次日回去上班，同事们在窃窃私语。只有辞职换地方重新开始。我把宝珠留下的钱跟我的薪水合并，不断存钱，省吃俭用，卖力工作，一个星期去吃一次廉价牛排平衡心态，终于存到十万。

不要瞧不起廉价牛排，也要四十五块钱。我真的在顾客留言本上提出了建议：服务员的制服换成有数字的吧！结果得到了答复：那会像球衣，女孩子穿着难看。

来答复的是一位服务生，漂亮的年轻女孩。

这女孩忽然喊出声：“咦，你看上去好眼熟啊！”

那份小报号称他们有八百万读者，该不会遇到了八百万分之一吧！我说："我常常光顾，所以你看见我多次吧！"

"不，我是新来的。"

在她下班后，我们沿着湖散步。她说："叫我大猫吧，朋友都这么叫。"

她眼睛真的像猫那么大。

我心平气和地撒谎说："我上过报纸是因为参与了某志愿者组织，专门帮助那些想不开的逗比。"大猫想了一想，用一种很亮的眼光看着我，"那你就是傻瓜拯救者了。"大猫的天真跟她的年纪身份匹配，她还是个19岁的大三学生，暑假在牛排餐厅兼职。散步的湖就在她的大学，名牌大学是真有钱，人工湖开阔漂亮，翡翠色波澜荡漾。

大猫的眼睛比湖清澈，我有一种笃定，她绝对不是那种会为钱离开男朋友的人。

小姑娘应该趁早搞定。反正现在已经不反对大学生结婚了。我用一种很抓人的眼神看大猫，"做我女朋友吧！"她红着脸迅速点点头。

既然女生都这么直接，一纯爷们为什么要含蓄？

是这世界鞭策了我。殉情傻瓜我当过，在他人看来可笑可怜可悲。中彩票拿八百万再去找前女友考验人性的事，也活生生发生过，纠结狗血。在现实面前抓住当下就很好。

我付出热情，密集地约会，时常去大猫校园点三道学生最常吃的菜——鱼香肉丝、糖醋里脊和苍蝇头。两个吃货的筷子常因为抢菜交错在一起。很快将大猫抱在怀里，过程并不曲折，好像这是一种无形的默契。我打算小心翼翼买房拿证，等她毕业订婚，让木成舟。

记忆有了新的替代，很快顺利遗忘。但如果，人生以一种奇妙的逻辑演绎下去，我中了八百万，我会回头去找宝珠吗？那个刹那如羚羊挂角，灵魂脱壳一般，无迹可寻的宝珠。

4『三百万』

在离开我一年后，宝珠回来找我。我转过头去，不去看她的眼睛、鼻子、眉毛和嘴巴。这些细节，都在我的记忆里生动过，又淡化了。我们坐在一间挺优雅的咖啡馆，地点时间都是宝珠定的。我犹豫了很久，决定赴会。一个男人有什么好怕的。闷了半天，对宝珠说：“这个反复无常的世界真不适合我。”

宝珠愣了下，露出哭笑不得的表情。她对我很坦诚，她实在熬不下去了，所以不告而别，跟了一个有钱老男人。遗憾的是，有钱人有的毛病这个老男人都有，跟老婆之外的几个年轻女孩子说“最爱是你。”

宝珠说：“我不爱他，我回来了，鲁达，你有多喜欢我我知道，我看到报纸了。对了，我现在有三百万。”

三百万啊！足够扭转乾坤，玩转很多人的命运，造就大挪移。

宝珠并不是炫耀的口吻，相反是令人心生怜惜，并不快乐的神情。

5『变了』

关于我的事，我也不知道大猫知道多少。我陪她找工作，她这个名校生找到的工作比我强，我就很委屈地说：“杂志上说女的收入只有男的一半才幸福，我真担心。”

“买房不是都你搞定的吗？”大猫用她的猫眼瞪我。

“你这个傻瓜。不过，我喜欢傻瓜。”

“我有什么值得喜欢的地方？我是个平平淡淡，小气节约，被揭穿荒谬往事后，介于悲喜剧之间的小男人。”

大猫说：“其实，我不是在报上看过你，我是在现场看过你。被救上来后，你好像变了一个人。嗯，变了一个人。”

她说得对。要动用那么大的阵仗才醒悟过来，我要的是什么？我原本是一个热爱生活并且贪生怕死的人。我不想背负沉甸甸的一个记忆包袱，我也做不到大度忽略来自其他男人的钱。即便我仍然想念宝珠，想念我们一起在天台晾晒衣服，大热天感冒了去买米粉，以及思考滔滔不绝的哲学难题。

我变了，所以那天我对宝珠说：“我只能祝福你。带走钱和人，离我远点吧。”

客客气气，情义并重。如果是我，中了八百万的奖金，或得了三百万的遣散费，我会秘而不宣。我会一点点省着用，用一部分钱谋求回心转意，只要对方还有爱我的成分。如果求而不得，那些钱会慢慢用在我和我的家人身上，我会珍惜时日，珍重人，沉住气，低调慢慢过完这一生。

但何苦想那么远，没什么能横空出世。感谢宝珠，曾经我以为自己对大猫的爱是功利的，但她出来证明了我的决心。我在属于我跟大猫联名产权的小两居室里，她端菜，我倒出叶酸补充片，她总不记得吃，我得直接送到嘴边喂她。

我管不了别人怎么做。比如那个一夜暴富化身“豪客”的小子。我过好自己就是最大成功了。很多时候我们认为是生活背叛了我们，但到很久以后才发现，其实是我们背叛了自己。像高晓松在离婚声明里写的那样：“感谢时光于流逝中的恩宠，感谢成长与回望，感谢缘分，感谢信仰。聚散自有天注定。”

抽空，我就靠近大猫的肚子，仔细听一听。有只小猫没多久就该见识这个复杂又有趣的世界了。

你的泪点

『1』

给喜欢的女孩子选礼物绝对不比选一个小媳妇简单。有天重温老港剧，有个叫阿旺的傻子拼命追赶着美女叫嚷着："小媳妇，小媳妇！"然后砸碎了自己最心爱的小猪"存钱罐"，取出金币给喜欢的女孩当出国留学经费，电视里的人哭了。你也哭了，你被感动，变为抽纸杀手。

看到你感动的样子，我忽然觉得，也许我该从礼物入手。

秋天，学校已经变得寂寥起来，太冷了，太冷了，大家都抱着厚实的外套，帽子围巾纷纷出笼。

我在想选一个什么礼物，才能够达到阿旺那样的效果。

是的，我暗自喜欢你——徐楷慈。一天又一天的日子过去，这种暗恋是煎熬的。我在学校宿舍里，趁着周末不断电，寻找可以给你惊喜的礼物。你的生日就要到了，机会一旦错过，我找不到更加适合的时机，除非再等一年。

我选来选去，没选上一个中眼的东西。我在网店搜索来搜索去，那些礼物不是太普通就是太做作。

这世上有没有一样礼物，可以媲美阿旺的小金币？

『2』

给你最棒的礼物。我想，这样也许足够让你在我和裘山之间再选择我。

裘山同学，我该怎么描绘这个情敌？住我隔壁宿舍，很干净。在一大群臭男生中，有点“出淤泥而不染”。比如，睡裘山下铺的高兆，逮住我抱怨裘山看见一只苍蝇都要大呼小叫。

有洁癖的裘山在那个教授还没来的早上，轻轻对你说：“同学，吃完鸡蛋饼记得要擦干净嘴巴，不然看着很脏的。”我坐在后面两排的位置上，也听见了。我看见你转过头，不看他，但是你的面孔通红通红。

世界很奇妙，不知道为什么，这样的裘山，让你印象深刻了。女孩子太奇怪了。

后来，你居然做了他的女朋友。

『3』

你是电影社的副社长，我是干事。所谓干事，就是纯粹跑腿办事的。

最初加入电影社，我是这样跟你说的，我说："那可以每次看免费电影啊！"你就笑了，说："够诚实，我喜欢，我批准你加入。"当你说"喜欢"两个字，我的心像是在巅峰之上蹦极。

我说："谢谢副社长。"

但我没有想到，在我没来得及告白之前，你对裘山告白了。

"其实你，算漂亮啊！我是这样觉得。"裘山看着你，停滞了一下才回答，"再说吧！"

这不是拒绝，也不是同意。

你的告白也很诚实，就在西方哲学史下课后，在没什么人的走廊上。我靠在后门那里，听得一清二楚。

『4』

那天又在放电影。

我说："副社长啊，不是说戏如人生么，你看了那么多电影，不知道有没有一个电影，可以解决这样的问题？"

你反问："是什么问题？"

我说："我喜欢上一个女孩，她是我们学校的，可是她已经有男朋友了。我觉得，心里充满了悲伤。"

你就哈哈大笑，说："你这样的说法，够诚实，我喜欢。怕什么呢，去追啊，追她啊，又没有嫁人。还有机会呢！加油，加油！"

我觉得我被注射了兴奋剂一样，你的话，像是一个天大的暗示。

在你这样说过后不久，就是你的生日。我不知道，你究竟喜欢裘山有多少，但我想争取。我开始费尽心思找礼物，找到足够让我横刀夺爱的法宝。

我找到了。

『5』

这是你大学里过的第一个生日。裘山却不在你的身边，他被派出国交换了，他平时很忙，顾不上陪你。

你看起来不在乎，面上笑嘻嘻。

你在“钱柜”的夜间包厢，招呼同学都来吃蛋糕。花红柳绿的蛋糕，衬托得你很可爱。我拿出了我的礼物，我包裹得很精美，你说谢谢，你收下了。在场的人太多了，这场面无比热闹。

所有人一起嚷嚷：“许愿，三个愿望，前两个大声说出来，第三个自己保留。说了就不灵了。”

你就许了，你说：“第一，小伙伴们，都有对象。”

大家哄笑。

你开始许第二个：“大家将来都有钱。”

大家哈哈大笑。你也笑，忽然闭上眼睛，神情满是思念。

有人拿你逗乐，说：“第三个许的是不是赶紧投入某某的怀抱！”

这个时候裘山出现，你一定喜之不尽。你下意识地看一眼包厢的门。大家都看过去，门外一无所有。

你开始拆礼物，拆到了我的，眼睛闪亮了一下，然后塞进你的大提包里。

那是一条短裙。

『6』

关于短裙，有个典故。

那次我们一起看电影，我听见你嘀咕：“乖，不要再长了，你再不听，我就不给你买蕾丝小短裙了。”

我明白了，你在和你的肚皮说话。

你吃胖了，紧张了。

我更加明白，有洁癖的裘山，肯定不爱你的肥肉。

你的语气，有一点点的哀伤。

大概你还想穿着可爱的粉红小短裙，去给他看？你要扮演日系少女么？

我特意要求了老板，尺码标号是小号，实际上，是中号。

『7』

回学校的路上，你忽然说：“谢谢你！”

我说：“又不贵。”我的胆子大了起来，还说：“你一定要记得穿，那是我的心意。”你说：“一定。”你大概也啤酒喝多了，很爽快。

我送你到你的寝室门口，你说：“快回去啦，我回去就穿。再见哦。”

我的礼物里，还附加了一张小卡片。上面写着：我爱你，有小肚皮的女生也很可爱哦！

你却只字不提。

白日我再度在教室遇见你，你的神色表情，和从前没有区别。我明白了。你拒绝我了。还有比这更加好的拒绝么？假装什么都没发生。全世界，这是最婉转的方式。

楷慈，你是真的喜欢裘山吧。所以，即使我按照你说的加油了，仍然得不到你的心。

我一个人在操场上走啊走，走到最后我笑了，抬头，尽量不让眼泪流出来。

我们照旧还是副社长和干事关系。

我们仍然制作电影海报，我仍然去摆放在学校显眼的位置，你会写几句关键情节诱惑人来看，为社团谋取活动经费。

裘山从德国汉堡回来了，带了礼物给你作为补偿。

『8』

裘山再度出国做一年的交换生时，你的活动热情一如既往，电影社被你管理得风生水起，被学校奖励，号称十大最佳社团之一。你站在大礼堂里接受奖杯。

你变成了社长了，你大三了，你不再是副的了。

新来的副社长，是我们的学弟。他有着白净的面孔，斯文的微笑，还有斯文的语调。

徐楷慈，大概你自己也没想到，你会先变心。有点搞笑是不是？你喜欢上了你的手下，年轻的副社长。

我忽然不知道该说什么了。

我不知道你和学弟之间什么时候开始的，我只知道，那个黄昏，我看见裘山在准备东西，准备出国的行李。我问他："这次去多长时间？"他说："学校安排的是半年，但是，我自己想申请一年。到时候看情况呢！"然后，他还说："我想争取带一个女孩一起去。"

"是哪个女孩？"我问，"是徐楷慈吗？"

裘山摇头。

我连情敌都不是。他也喜欢上别的女孩了。

大学足够漫长，喜欢的人不再喜欢，重新换一个人来喜欢。

裘山叹了口气说："我和她呀，可能不是相互喜欢，只是相互看对方不顺眼，很强烈地想改造对方。很莫名其妙，对吧？"

我不觉得莫名其妙，喜欢一个人，本来就有着各种各样的原因。爱情不是死板的教科书，只有一二三四五……

好在裘山走了，带着外语系里的一个女孩。

你呢，徐楷慈，我们之间呢？我们之间似乎并没有发生什么故事。

所以，似乎实在没我什么事情了。

有的。还是有那么一些东西的。

在我们毕业的那年，我办了生日聚会，我邀请了你，你当然就来参加了。这是我唯一一次轰轰烈烈在大学里办生日聚会。

你也送我礼物了，是一个漂亮的日记本，你说："虽然男生不大写日记，不过拿来记事情蛮好啊！"

"我送给你的礼物，你究竟穿了没有呢？"我问你。

你就认真回想，然后，面孔上浮现出不好意思的神情。

你说收到的礼物太多，你只看了一眼，你很喜欢那礼物啊。可是那已经是秋天了，那么冷，所以你丢到了一边。你的礼物太多了，堆放在寝室门口忘记拿了。小短裙就不知所踪。

你根本没看见过我的告白。

我岔开话题，我开始许愿了。

我说："第一个愿望，男生都找到美女。第二个愿望，女生都找到帅哥，并且有钱不花心。"

第三个，我闭上了眼睛。据说，这个愿望不可说，说了就不灵验了。

『9』

你似乎想起了什么，你说："对了，好像你问过我，你喜欢过一个女孩哦？"

我说："是的。"

你问："追到没呢？"

我说："没有，不过人生还长呢！"

你说："是啊，加油啊加油，你不差哦！一定找得到美女，并且贤惠。哈哈！"

我笑了。

你问我："对了，你怎么知道我喜欢粉红小裙子的？"

我说："我住裘山隔壁嘛！他偶然提到的。"

我说谎了，因为过去的已经过去，不用再提起来。

秋天，我们的大学读完了，你和你的副社长会有什么结局，我不知道。因为我选择去了外地。裘山据说不回国了。

楷慈，你鼓励我在喜欢上一个人的时候，勇敢地去追求这个人，不至于将遗憾收藏在此后的岁月。即使，你不知道这个人就是你自己。

我许的第三个愿望那么简单，只有一句话："徐楷慈，祝你我都最终幸福。"

你要打败你的青春

中午对着窗外吃着拉面，我停口了，面条滞留在嘴巴上像千里仓皇流亡的难民。

很明显，穿久了有点松垮的工装背心，脸上有汗，闷头坐在对面的榕树下的水泥花坛上——这是个混得很差的年轻男人。

他沉默不得志，一口气干掉了一整瓶水杯里的水。其实也难说，谁知道是水还是白酒，比如我爸那种，上了年纪的男人最爱的平价白酒。

我并没有心动，因为对这种男人心动很滑稽。

1『吃面的后果』

本来我不应该是一个人去吃东西的，我是自找的，我从智化家里跑了出来。强忍了半天，才恢复了胃口，点了一碗拉面。这种店的拉面卖的不过是汤头，超市里十元一包的高汤汤头料。

在古老的过去，只有熬上十天十夜，耗费了地道的金华火腿，牺牲了数只走地好鸡，才叫高汤。而今，谁有那功夫？有也是在伺候大富大贵的私人会所里。

我用胡思乱想分散注意力。

然后注意力集中在了这个相当落魄的年轻男人身上。他的整个人都暗淡普通。他的眼睛在白昼，相对鲜明沉默。那双眼睛，让人印象深刻。

这是一种很复杂的情绪。

仿佛我开始思考起什么重要的主题。

影影绰绰，时间翻过来倒过去，承载了许多，荒废了许多。

2『自知之明』

智化打我的电话打了16遍，我有17个未接来电。多出的那个，正是那个男人打来的。我不是无缘无故就给了他电话的。

我猜拉面店老板也不是打算发脾气的，我已经好声好气哀求她："待会儿回来就带钱给你，我把钱包落在朋友家里了。"

老板的脸色不好看，使劲打量我。她大概在一瞬间相当矛盾，该不该相信这个人？老板决定折中，她要我交出一样东西做抵押，随便什么东西，只要相当那碗明虾拉面的12块钱。

我还带着手机，我把手机按在老板的手心里给自己解围。那是一款夏普9010C，非行货，相当于100碗拉面。

年轻男人说："还他吧，记我账上。"他就站在离我半米的距离，靠在老板的柜台上，他的脸擦去了油污，露出了清晰的眉毛，开阔的额头。

女老板想了一想，古古怪怪笑了，用一种特别的声调对年轻男人说："好啦，好了啦！大板。"

给他电话，是为了回头好找到他的人，还他的钱。

我说："谢谢你，下午就还你，就五点半吧，我下班了过来。"

我跟他说："谢谢"的时候，果真闻到了酒味。

大板点点头，说："好。"

他没有豪爽地说"不用了我请。"

我想他大概有自知之明。

我深深地看了这个大板一眼。

3『一位朋友』

智化是我谈了十年的一位朋友。

生气的时候，我就不想在朋友前冠以男字了。我们吵架了，我气冲冲地离开他的家，独自吃面。如果我不去那家店吃面，我就不会欠大板一个小人情，有欠有还，一来二往，事情就不一样了。

智化到处找不到我，他的自尊心也上来了，干脆不再打电话来。

在短短的一个星期内，我参观了大板工作的地方，睡觉的地方，吃饭的地方。

一间洗车房，一个小单间，一家拉面店。

大板很平静说，他的妈妈是北方人，他从小吃惯了面食。

洗车房铺面小，从里面牵出水枪，就在门口冲刷那些尘土满面的车子。灰头土脸的车子焕然一新后，车主付出15元人民币，大板收了转手交给老板，老板是个胖子，雇佣了年轻力壮的大板。

胖子老板坐着躺椅吹着电扇，有时候给大板加油鼓励："喂，好好干，十年八年的，自己也开个店。”

大板简单地回答：“好。”

他睡觉的地方更简单。铺盖，牙刷口杯，一台小屏幕的旧彩电，没有报纸杂志。大板多数时候吃盒饭，他喜欢吃面，但不常去。

我看出来他很犹豫，有话要说，但还是什么都没说。

大板凝视我，突然伸手握住了我的手。坐格子间上班女性的白皙娇嫩，跟黝黑粗糙，对比鲜明。大板神情黯淡下去。

4『十年白费』

“你到底哪根筋接错了，跟一个洗车工混一起。”智化气急败坏了，他再次当面拉住我，逼问我。

“我哪有跟谁在一起？”我反倒不生气。

“那个男的，你以为我没看见。你们一起吃饭。”智化声音高了八度。

“你就这么没自信啊！”我戳中了智化的软肋，他脸色变了。

这个小肚鸡肠的男人，我居然跟他交往了十年，从中学到大学，毕业又三年。我们琐碎无比，一边吵闹一边分手一边复合，前不久还订婚了。

真厌倦。

要我再换个人，那十年就白费了。我不得不茫然。

5『残酷点也好』

大板在水流哗啦之中，认真地洗车，洗掉污点，洗掉泥水。光线在水花透亮晶莹里，辗转得一片璀璨。皮肤泛黑的大板，操控着雪白的水龙。

那么，一个人是不是也可以不断洗，直到洗干净。

大板上班，而我轮休半天，我在拉面店要了一杯汽水。八月烈日炎炎，冷气是夏季的救世主。老板生意清淡，百无聊赖，坐到我面前拉扯攀谈。

“你跟大板？在一起了？”

我笑笑，不语。

“大板这个男孩子，看起来蛮老实的，就是没钱。”

不说我也知道，我有眼睛，看得见。我侧头看窗外，街道空荡，榕树荫蔽路人，三三两两的流荡人士躺在下面，拿张报纸遮挡光线就睡觉。

“你不知道，开始我们都怕大板……”

这个中年女人，拉面店老板，克制不住、按耐不下背后说人是非的快感。

“我知道，他坐了八年监狱，因为持刀抢劫。”我替老板交代了她酝酿许久的秘密。我也挺残酷了，剥夺了同为星斗市民的珍贵乐趣。

中年女人讪讪了：“张小姐都知道了啊……”

“嗯。”

残酷点也好，总比别人对我残酷好，我心想。

我在杂志上看过一篇报道，有种心理学调查结果发现，女性很容易喜欢上犯罪男人。美国的一个监狱里，某个杀人犯受到几百封各地女人的求爱信。

我，当然不会是这种人。

6『你没说密码』

有时候我跟大板喝酒，他酒量不小，喝了一瓶，还能够清醒看着我。当他洗刷干净后，其实很顺眼，是个强壮的大男生，他有着没被社会外界熏陶过度的纯粹，保持着久远的单纯。

我喝两口就醉了，醉得很真实。

大板送我回家，我语无伦次，醉话连篇。大板似听非听。

“我以前念某中呢！”

“我们肯定碰过面……”

大板不语。

在我自己租的套间公寓里，大板逗留片刻，自己开冰箱找水喝，喝完就走了。

这中间，智化给我写了很多电子邮件。

我都看了，不回复。

第二天见到大板，我问他：“我醉了是不是很神经病？”

大板摇头。

我还问他：“我是不是什么都说了，把我过去啊，现在啊，小时候的事啊，不听妈妈的话非要早恋啊什么的。我有没有说出我的银行密码？”

大板说：“你没说密码，说的别的。”

“别的？别的什么呢？”

“也没什么，你只是说，你跟你男朋友常常吵架。”

我更加直接了：“你对我没兴趣吗？”

“你有男朋友！”大板露出了难过的神色，不过一闪就过了。他接着说：“你们应该结婚。”

“可他是个胆小鬼。怕这怕那，最怕事。在公司里，别人欺到头上，都说什么要宽宏大量，狗屁。”我脱口而出了。

7『光荣啊』

智化人有些憔悴了，他远远地站在桥头。这座大桥屹立几十年，飞架南北。

他还是舍不得我，我想。

我们都叹气了，在沿江的看台旁，智化问我：“我都知道了，你决定了没？”

“决定什么？”

“我，还是他？”

“他是谁？谁是他？”

“那个男的，陈板。”

当然是你，我看着智化，但沉默不语。

人跟人到底是怎么回事？可以一吵十年。

“我知道该怎么做了。”智化说。他的眼神，有一种决绝，像是终于要面对久违的恐惧。

我试图拦住智化，拉住他。但是，我的力气哪有他的大，智化像脱缰了似的。大概，我不是真的要拦住她吧！我心想。

等我赶到现场，打架已经进入白热化阶段。

我可真光荣啊，让两个男人为我大打出手。想不到智化拼起命来，居然跟大板势均力敌。我还以为他一直只是个办公室白领青年。

大板也看见我了，他的眼睛红了，似乎早已经醒悟了什么，但没想到会变成真的事实，实现在眼前。简直是出人意料，他忽然吼叫了一声，不知从哪里摸出了一把钢钎。

不锈钢制品明晃晃，在太阳下耀眼无比。

智化吃惊了，忽然哆嗦了一下，往后退去。他看着大板，脸上开始涌出古怪的表情。

大板冷冷地站在原地，智化看向我，我与他对视。

是历史重演了吗？不是。过去是暗夜里，而今是大白天。那双眼睛，让人印象深刻。智化一定印象极为深刻。而我，对那张眼睛打了马赛克的脸，记忆悠远。

智化扑过去，扑倒了大板，压在大板身上。观众们早就看得目瞪口呆。

钢钎清脆地“呐喊”了一声，抛落在马路边。是大板丢出去的。

8『痛处』

智化站起身还是觉得有点晕眩，就像八年前的那晚。

半夜一排宿舍只有连绵起伏的呼吸声，迷糊中智化看见一道寒光，然后他转身，继续睡。

门卫兼保安老头睡沉了，所以有两名男生携带着小刀，戴了口罩，洗劫了男生宿舍。

他们居然没遇到一丝抵抗。

这些屈服交出手表、钱和名牌电子产品的男生们，一直抬不起头。

被集体轻视的倒霉事件中，智化也没有例外，感受到了女生们异样的眼光。

这件事情发生时，我是智化交了快两年的小女朋友。不少学生情侣分手了，我没有。我这个人大概比较迟钝，对事物消化过程比较慢。

两名抢劫犯被判了八年有期徒刑。

他们打了马赛克的照片上了报纸，我看了那篇报道。报道还分析了少年犯的犯罪动机。其中一个是学生，另外一个是社会青年。总之，有人挥霍贪图享受，需要钱。有人家境不好，需要钱。

这事好像过去了，淡淡的，如轻烟。但对我来说，一直没完。马赛克遮盖的是眼睛，一张打着马赛克的脸，一张原本应该在学校里某个班级某个角落里，领略着人生煎熬的脸。

这张脸像个间谍，深埋伏在记忆中。

智化到底被影响了多少呢？只有天知道。我们上一个大学，毕业了，还在一起。

我总是忍不住嘲讽智化。我们明明相爱，但我有时候会默默幻想，走在暗夜巷子里，跳出了歹徒，我是一个被劫持的妻子，而我的丈夫，慌忙转身逃掉了。

我承认，我还做过许多次类似的噩梦。

这世界上的其他人，我管不了。智化却是我的肉中刺。

一年一年，我总是忍不住挑剔智化，这个那个，芝麻绿豆。芝麻绿豆积累了这些年，也仓库满满了，沉甸甸，横亘着隔膜。我根本没勇气去挑那个久远的历史痛处。

我大概早就认出了大板。

当我跟智化莫名其妙又大吵，彼此拿言辞的锋利小刀往对方的尊严和心脏乱划时，就下定了决心。

我下定了决心，我要去那家拉面店。

我知道他总会去吃面的。

我的所作所为很不真实，不过结局就是这样。

大板从地上爬起来，哭了，又笑了。他一个人走掉了，没有给任何人说句话的机会。

那个背影很特别，特别到，我忽然觉得心被揪住，疼痛了一下。

9『中学生』

你问我究竟为什么曾经纠结郁积？也许不单单是为了智化的一段陈年往事。

都在滔滔时光里平凡琐碎长大，我的不满，保留了一个借口。

大板走掉了，甚至没跟胖子老板辞职，算清楚他的工钱。

一个年轻男人总能找到一份工作，有个饭碗。我这么想着。

洗车房的胖子老板开始跟另外一个年轻男孩子训导："好好干，将来自立门户。"

小半年后，智化更忙了，我似乎变得宽容了，有时候一个人去医院了解进展情况。

我们已经很少动口了，各自平抚自己的情绪，相处起来没那么痛苦了。智化像是变了一个人，像修行顿悟的出家人，脱壳而出的蝉，为人处事进步很多。嗯，是听别的同事说的。

以前的种种，包括我的种种表现，他跟亲友如此解释："是婚前恐惧症，没事了已经。"

要是亲朋好友来问我，我的答案也是如此："婚前恐惧吧！对将来特别担心。现在，结了不就结了。"

我没想到会又遇见大板。

世界真小。

妇儿医院不远就到了，我下车买水。我看见了他。

这家洗车维护店看起来整洁高级许多，上门的顾客不少。

迟疑片刻，他终于朝我走来，我全身僵硬，动弹不得，像一个万分戒备的母猫。

比我高20厘米的男人，眼神凝聚，看着我，最后，视线落在我的肚子上。

大板蹲下身，微微靠近我的肚子。

他听着，倾听着。

“这家伙一定是个幸福的宝宝。”大板大声说。

他似乎被自己的惊叹声惊到了，继而露出牙齿笑了。

大板牙齿洁白，一身米黄色防水服，眼神干净。我：“对不起……谢谢你。”

“不，其实我要谢谢你，谢谢你们。”时间似乎被回拨了很多圈，他看起来像个中学生，获得惩罚之后再做出了补偿，才真正获得解放，重新走回人生的起初。

顾客在呼唤服务员，大板挥了挥手：“那我要忙了。”

匆忙中，他又补充了一句：“再见。”

我报以笑容。我不再青春，人生走了很远的路，再回头太难了。所以，我还是骗了自己，用一个轻微的谎言。这个小谎言或许是，我对大板，从来没有一点点心动过，我跟自己说。谁能够从头到尾，黑白清晰，爱憎分明。

为什么要谢谢我，谢谢我们?

只有大板自己知道。

他青春时代的耻辱，只有他自己才能擦干净。

有个年轻的女孩，急匆匆跑过来，进了店内，给大板递过去一瓶矿泉水。

大板，你将开始另一种人生。

让我们各有各人生，安生过下去。

你在汉江边告白

1『脸全被自己丢光』

十年前的江汉平原小城里，市八中的操场上，牛角说要追大羊。

当时的大羊，完成功课无所事事，她忽然发现有人靠近她，靠近的步骤如同战场上匍匐爬行的士兵。

牛角说：“大羊……”

“什么？”

他费力发问：“你觉得我怎么样？”

“什么怎么样？”

牛角语无伦次：“我叫牛角，我拿了奖学金，请你吃……”

“我知道你叫什么。我不吃。”

舌头僵硬越急越无话可说，牛角抓头。

大羊漫不经心看云彩，当时的黄昏，当时的天空，浓得像一盘番茄蛋花汤。

大羊反问："那你凭什么？"牛角结巴了一下，回答："什么……什么都不凭，我就是喜欢你。"

遇到这么臭不要脸的男生，大羊反倒笑了，

她说："我明白了。"

大羊很仔细打量着牛角，说："我给你一个机会。"

一个机会，伟大的机会令牛角喜出望外，几乎感激涕零。

大羊蹲下，单跪一条腿。"跑赢我，我就答应你，做你女朋友。"

牛角简直乐坏了。他看过大羊跑步，虽然还不错，但他有信心。

肉眼观察，其实没多远距离，绕场一周也不过四百米。

牛角闭上眼睛，看了看当时的天空，当时的云，颈椎在仰望姿势保持时间久了，有一点轻微的晕眩。"好吧，大羊，我来了。"暮色夕阳浓厚无比，牛角朝大羊迈步。

大羊又高又瘦，跑起来，就像一只飘逸的羚羊，御风而行。

其实只有一刻钟，但漫长地仿佛很久很久。最初还有意识支撑，最后，当一个男生的脑海里忘了天，忘了地，忘了爹娘，忘了最喜欢的女生，只想着肺，要爆炸的肺，他是何心情?

牛角扑倒在地上了。在跌倒同时下意识两手抓满了沙子，沙子漏掉。牛角在地上抬头，看着弯腰喘气，汗如雨下，但是得意扬扬的大羊，"绝望"这个词，第一次从书面进入了他的身体内。

多刻骨铭心啊!

他在操场上追赶了她接近九圈，他筋疲力尽。

时间继续推移，漫长的半个小时后，最后大羊领先牛角三个来回，牛角倒在跑道上欲哭无泪，两脚酸麻，一脸泥沙。

牛角觉得自己变成烧掉的热气球，蔫了不说，还直接坠入深渊。

大羊擦把汗，对牛角挥挥手。她平时小跑当消遣，根本没拿出真本事。跑赢牛角完全没挑战。

众目睽睽下，牛角的脸都全被自己丢光了，牛角跑得瘫掉了，输给一个女生。

大羊擦擦汗走了。走之前，她望着牛角，仰起头笑了一下。

牛角痛恨自己，问自己："你为什么自讨没趣自取其辱？"

他心情很复杂地爬起来，默默走回教室，并默默地把对大羊的感情从爱恋转变为——恨。

教室里的人都看着他哄笑，他又默默回宿舍，默默洗澡换衣服，默默刷牙，刷到一半，牙刷折断。牛角决定，人生中永远不必再提起这个女孩和她的名字。

2『像一阵风，吹过寂静的树林』

多年后牛角在北京那条有名的金融街上班，隔壁有个挺大的办公室，常年坐着一个慈眉善目的老头。牛角问他毕业于"屁大"的同事："老头看起来好神秘呀！"

这单位里都是名校生。

同事平常管牛角叫"禽大"的。这两个叫法其实挺形象的，一个是牛气哄哄的圆明园职业技术学院，一个是满地清一色饥渴理工男的五道口理工学院。他们相互取笑，贵校吹牛过头像放屁，贵校压抑似禽兽。

"屁大"的同事告诉牛角，老头姓陆，以前管三峡大坝的。

三峡？离牛角的老家挺近，但牛角从来没去过。那个书本上的人造大工程，改变了无数人的命运。在牛角的家乡，有好多从库区搬过来的移民。牛角心中忽然冒出一种奇怪的东西，像小小的泉水，又像一阵风，吹过寂静的树林，沙沙作响。

周末，牛角买了票，转高铁，转客车，再转三轮。去了一个叫宜昌的地方，看了一眼大坝之后，他就回北京了。

其实牛角完全可以顺道回家乡的，但他没回去。这一趟行程，谁也不知道。

3『扔到小朋友也不好呀』

牛角在学校食堂吃饭，楼上一直大呼小叫。男孩在喊："来，走一个。"女生则大叫："某某，祝你生日快乐。"奶油蛋糕掉到楼下牛角的餐桌上，牛角没生气，接着吃，但他女朋友生气了。

"牛角，你去，叫他们消停一会儿，还让不让人好好吃饭了！"牛角女友命令说。

牛角就跑上去，满脸假笑："哥们，高兴归高兴，不要乱扔东西嘛！砸到花花草草多不好，扔到小朋友也不好呀！"牛角一指楼下，一楼的确有老师带着孩子在吃饭呢！

桥段虽老，有效就行，那些学生就咯咯发笑，连忙说："不好意思，我们注意点。"

在庆祝生日的学生里，有个女孩抓起一听青岛啤酒丢给牛角："来，你也走一个，当我们向你赔礼啦。"

牛角伸手接住，仔细看着女孩还有她的脸，口干舌燥，打开罐子，一口气喝光啤酒。牛角等了一会儿才走下楼梯，那女孩忽然回头，认出了牛角，不过她实在喝太多，醉得过头了，扭头靠在椅子上，脸上有红云掠过。

4『先得有相遇，然后才有久别重逢』

晚上牛角做梦了。梦见自己走在沙漠里，走着走着发现肩膀挺冷，仰头看，天阴沉下来，雪撒下来。问题是明明五月炎夏。呆了一瞬间，又回到了校园里，教学楼提前亮起日光灯，体育场上一个又一个运动员在跑接力赛。

大羊跑在最前面，冲牛角挥挥手。牛角就惊醒了。这一惊非同小可，牛角怎么都没想到，会再见到大羊。

牛角很想告诉大羊，他一直记得她，他还去看过三峡大坝了。

那大坝很高很大，泄洪之时，水声在群山间回响。那里才是大羊的故乡，好山好水，孕育出大羊这样的姑娘。

大羊的家人亲人，为国家做出牺牲，背井离乡。她们一家人迁到了牛角的家乡，重新开始生活，所以才相遇在当地的中学。

大羊却觉得没有解释的必要了。在她的少女时代，拧巴地拒绝一个其实心里有好感的男孩，就因为她得听父母的话，她要专心念书，考一个好大学。而且全国大学那么多，北京、上海、武汉、广州、西安、南京……谁知道谁会去哪个城市念大学？开始茫然，毕业那天就失恋，肯定哭得很惨。长大后大羊也能理解自己，离开过故土的人没有安全感，很害怕一切又要从头再来。

在"屁大"的学生食堂再碰头时，牛角伸出手，大羊握住他，牛角手心有点出汗，大羊明显感觉到了。他们像很久不见的老同学那样，假装热情又保持距离地打招呼。

牛角问："你怎么会在北京？记得你考上的学校在武汉。还有，上次是你生日？"

大羊答："不是我生日，是我男朋友，他在这学校读研。"现在的大羊，比中学时代更高更壮，不像从前那么瘦，另有一种洒脱坚挺的美。牛角在心里沮丧，脸上完全没露出难过的痕迹。

"改天一起去公园烧烤啊！和男朋友一起来呀，人多才热闹。"

"好，我蛮喜欢吃烧烤的，配上青啤最爽了。"大羊的手回到男友的臂弯里，牛角看了一眼女友。

他们的对话到此为止，挽着各自的恋人向前走。这世上先得有相遇，然后才有久别重逢。

5『安静待着不难，但那就不是她自己了』

其实大羊和当天挽着的男朋友已经分手了，很和平地谈妥，搬完东西各奔前程。男友出国了，大羊决定换一个工作，去应聘空姐。告别前，一起庆祝了男友的生日。男友夸大羊，简直是万中无一的女汉子，不然哪会这么放得下。

大羊心里只有两个需要消音的字母，但她没说出口。没有什么放不下放得下，那是因为我已经不爱你了。

失恋的大羊去参加空姐培训，给千奇百怪的乘客发飞机餐，收盒饭垃圾，扣安全带，送小毛毯。在飞机机舱中间那条窄道走来走去，就是大羊每天的工作。这工作看着光鲜，其实也很辛苦乏味，得自己学会找点乐子。

第一次坐飞机，拉开窗口，天空亮得令人晕眩，值勤飞了无数次以后习惯了。其实她功课挺好，但她更喜欢运动。她考到了人大读外语，下课后流窜到北体看男孩们训练。

大羊觉得，在田野瞎跑，下水抓虾子，上树逮蝉的童年，那才配叫童年。她喜欢跑步，风吹在脸上，蒸发汗水，又热又凉爽。

跑步是一种剧烈运动，运动就会排汗，就会冒酸味。大羊在北体交到的男友很生气地说："身边全是臭男生就算了，你一个女孩子，干吗这么喜欢跑步。我跑的时候，你就不能老实待着给我送水送毛巾吗？"

这话让大羊更生气，但又觉得挺难反驳的。安静待着不难，但那就不是她自己了。年轻时人都挺倔强的，不能改变，那就散伙。

有那么一刹那，大羊想起那些年，真正追过她的男孩。她在跑道上风驰电掣，牛角在后面追赶。可惜那男孩太自信了，以为自己的体力像功课一样好。牛角那种城市男孩，平时充其量跑个一两千米，根本追不上从小奔跑在丘陵旷野上的大羊。

大羊和北体谈上的第一个男友分手时心想：亲爱的牛角同学，如果我们再见面，你还会追我吗？

第二次分手，她就和牛角久别重逢了。

时间才是最伟大的工程师，大羊脱下球鞋，穿上高跟鞋，飞机带她去往世界各地。最开始的新鲜劲儿过去，大部分时间总在万米高空，大羊突然想念陆地上的家了。

她的家，从三峡库区到江汉平原。她的人再从南到北，离开小城市，来到大城市。大羊自言自语："Country Sickness.（乡愁）。"

1678年，瑞士医生让·雅各·哈德用希腊文词根，创造了一个新词，传遍世界，人们的语言不同，乡愁却一样。但也许大羊的心中不止乡愁，还有无处安放的一类感情。

6『人世间只有混沌深重的悲伤』

牛角真的钻牛角尖了。

几个月后，他知道大羊分手了，他去找大羊，遗憾的是没找到。牛角的女友气急败坏，骂牛角是个劈腿的贱人，狠狠地扇了他十七个嘴巴。一个月一耳光，他们刚好交往一年零五个月。

牛角女友刷光了他的卡，然后回家了。

牛角完全不反驳，一副心甘情愿任人宰割的决绝相。他决定找到大羊。世界上的所有事情都有概率，空姐是会调度安排的，如果坚持只坐一家航空公司的飞机，总会见到的。

牛角坐上了她值勤的国航波音飞机。这班飞机两个小时后降落在韩国。

半个小时不到，乘客们就开始东倒西歪睡觉了。起飞前，牛角观察了好一会儿，看见大羊进去帘子后面。还是那张脸，化了精致的妆，不过人似乎瘦了。牛角起身，跨过一个吃零食的肥胖女人和一个打呼噜的中年男子，向着飞机前方而去。

十年前功败垂成，这一回他的心脏跳得特别厉害。而窗外，乌云像被蜂蜜吸引凝聚的蚁群，不时摩擦出电光火花。飞机这时摇晃了，全机乘客开始惊呼。大羊回过头，打开广播，安抚大家的情绪。但说实话，她自己也很害怕，这害怕让她忽略了蹲在角落的牛角。

那班飞机最后有惊无险地降落。但大羊走了，她和另外一个空姐换了班。

大羊跟同事嘀咕求帮忙，然后下了飞机，给牛角打了个电话。她想再问他：“要不要再追我一次？”

遗憾的是，对方的手机关机了。这令大羊的心情很不好，糟糕透了。如果是十几岁的大羊，她一定要跑去操场，恶狠狠跑上二十圈，两脚踢起地上的尘土，风中飞扬。

最好最享受的，只有当年跑过的操场。大羊深呼吸一口气，心意忽然尘埃落定，既然那么怀念学校的跑道，为什么不去跑呢？她真的请假了，跑回市八中。教学楼翻新刷白了，食堂扩建得更漂亮，操场大了一圈，水泥柏油跑道换成了全塑胶跑道。有个男生喜欢她，不过她羞辱了他，令他投降放弃了。

大羊没想过牛角会一直等她，事实证明，再见到牛角时，牛角有了可爱的女朋友，读了很好的大学，还是一个金融行业的青年才俊，说不定过几年孩子就可以打酱油了。然而，牛角喜欢过她，那个年少本来的她。

在遇到了气流而摇晃的飞机上，大羊看见天空灰暗，大地逼近，汉江倾斜，人世间只有混沌深重的黑。然后，机翼像大镰刀扫过看似永无止境的积雨云，坚强地离开了平流层。生死在那一刻全然由不得控制，何况是感情。

大羊在当年的学校跑完了二十圈。半个月后，大羊辞职了。走遍世界各地，她选择回家了。她去市八中应聘老师。那学校还有她的老同学留校，大羊厚着脸皮拉关系，请好姐们儿吃饭。老同学看大羊的眼神，像看深井里的大冰块。

“我说大羊啊，你是傻了吧？空姐不当，来这个小地方当老师？你是不是得了神经病啊。”

大羊很坚定：“当老师有什么不好？ 寒暑假期，稳定职业。”吃东西前，大羊跑了三千米，浑身发热，她踢掉鞋子，光脚踩在折凳上。

“好吧！”老同学无可奈何。

大羊和同学干杯，喝了很多金龙泉啤酒，消灭数不清的烤肉串、土豆片、香菇和鸡爪，吃得满头大汗，身上的T恤和牛仔裤全印上了汗渍。

7『云梦泽的最中央』

2013年过去，新年来了。大羊带着一群稚气的学生，沿着人行道跑步。跑过了拱桥，跑过了菜场，跑过了公园，跑过了高楼大厦，跑过了一片水杉林，跑到了汉江边。

这个小城是古代云梦泽的最中央，长江最大的支流汉江穿过它。新年的江边雪白一片，一大群年轻人在岸边办婚礼。

大羊大步地跑，向着更广阔的平原奔去。她戴了大红围脖，绑了马尾辫，迎着小城带着家禽粪便气味的春风飘飘扬扬，潇潇洒洒。孩子们在身后追赶着大羊，她没能听见牛角几个月前在韩国的汉江边上，喊出她的名字说爱她。

但她很可能在人生里的第二个故乡，在真正的汉江边，听到那句告白。

事实上，那次飞机安全降落时，牛角开始实施他自认为惊天动地的告白计划。他在机场的留言簿上写满了大羊的名字，贴满了拍下的汉江照片，最后大笔一挥，署了名。

他深情又绝望地等了三天。第三天，他下了水，悲伤地走一步，又走了一步，江水快要没顶时，牛角大喊了一句：“大羊，我爱你！”

在场没有女主角大羊。几个留学生刚好路过，一起回答想不开的牛角：“没问题，思密达。”然后他们一片哄笑。牛角也笑了，自己爬上岸。

人生中那些时不我与的哀愁，他决定都放下。他重新认识了女孩。这个女孩跟他相亲了，订婚了，筹划婚礼了。一个适合嫁，一个适合娶，都是适婚年纪的青年男女。剔去过去阴影的牛角，渐渐淡忘了，物是人非的人，物是人非的记忆。

他率领伴郎们登门迎接新娘到婚礼现场。

一身雪白的女孩蹦跳着逃开，牛角追赶上去。

顷刻之间，重重叠叠，无尽画面闪回。牛角举步而跑的时候，想起了大羊。有一队年轻学生远远跑过去，被最前头老师带领着，一群鱼一般，欢快游走。

大羊，少女时代的她，那一次倾尽所有的力气拒绝了牛角，在牛角的生命里刻下她的深重痕迹。

新娘抱住牛角的脖子，他回过神，吻了下去。他不再钻牛角尖。

与此同时，少年牛角，同样倾尽全力，深刻在大羊的一段人生上。留到日后她用来省悟。那个男生，他跑到瘫倒，但并非中途放弃。

此刻，她带着一群学生，小跑前进在市区人行道上，行道树光影错落闪烁，沿途吹口哨，加油喊着口号。跑过了学校，跑过了商城，跑过了公园，跑过了酒店，跑过了湖边，和湖边的集体婚礼。

她心无旁骛，向着更广阔的郊野而去。风吹得绑马尾的头发纷纷扬扬，她更喜欢做这样的自己。大羊有勇气继续等待下去，直至遇到对的人。

你做过什么，就变成什么样的人

『1』

“好不甘心，夏天都要过完了，什么都没做啊！”杜时坐在栏杆边上问陈美。

“那要做什么？”陈美漫不经心地看旁边的冰柜。那里面的汽水雪糕和冰淇淋所剩不多却不再补货。过了季节以后，吃的人少了。渐渐到了秋天就连冰柜也要暂时退休了。

“我们做了什么就会留下什么记忆，变成什么样的大人啊！”杜时咬一下嘴唇，像是鼓了好大勇气才好意思说出来。

可是女生说：“算啦。我们现在还小。”

当他们两个人骑在单车上一起往前走，我才抬起头，收拾整理我面前的水果摊位。在路口的岔路他们分开，向着不同的方向。

他们的对白，换了别人，任何一个别人都不会听得懂。

但是我懂。

『2』

“请问坐在倒数第四排的同学，能不能帮我把那本书丢给我？”我回过头，看见熟悉的男生面孔。真的就有人开学没几天，开始逃课。并且还表情那么冠冕堂皇，像是翘课才是正经事。

我说：“对不起，同学，我是班长，你最好还是别翘课啊！我猜这节可能要点名。”

男生开始有点犹豫了：“班长，你就说我请病假了。谢了！那个，你就帮我保管下。”

我只好白白地肩负起撒谎欺骗教师的职责。他连教材都不拿了，我变成了他的保管员。摸上去还是那么纯洁无瑕的书，崭新得要命，像是初恋。除了写了两个中文字代表它是有主的。

那两个字十四个笔画。

杜时。

他不认识我。

因此，他一直不认识我。

认识一个人是一件很普通的事情，但是，需要一点点的心意。如果没有这一点，即使常常出现，并且距离只有一米多一点，也仍然像是千万个陌生的路人。

我，是杜时的路人。

杜时，却不是我的路人。

2003年10月，因为他，我才坐到了这所大学的这个时间段的这个教室里。但我仍然在他的轨道之外。

我还是有希望的。因为，我看见他和陈美彼此没有诞生最要命的关系，最后各自融入不同方向车辆的洪流里。

『3』

我在网吧的角落找到位置，一屁股坐下。尽管前面后面还有左边都有人抽烟，抽烟的人下地狱吧！我还是义无反顾坐下去。一直等到右手边的男生结束了游戏，收回灵魂。

“咿，你不是班长吗？”

“对，是我。”

“班长你也来上网吧？”

“怎么难道你觉得班长不用亲自来上网吗？”

“我还以为你这样的品学兼优的女生不会来这种网吧！”

是的。网吧也分几种。这种专门给靠着荷尔蒙过日子的男生联机打网络游戏的网吧，确实不适合女生。进了里面乌烟瘴气像是进了一座迷雾岛屿。

从网吧出来我大口大口呼吸干净的空气。

杜时靠在电线杆上，似笑非笑看着我。他张口问：“那个，你是不是对我有意思？”

我还是认真地想了想，回答：“是。”

他说：“那你干吗不早点说，我正想在大学也找一个女朋友，不然太无聊了，四年怎么过啊！”

他油腔滑调的样子，像是他家是批发金龙鱼的。

“那我们现在就算开始了？”我顺着他的话，说下去。像是顺着小时候常常经过的蛋糕店，去买喜欢吃的红豆炭烧面包。

杜时说：“那当然，手给我。”

我知道，他以前不是这样子的。

『4』

当然，我乖乖地把手给了他。

2002年时的杜时，整个眼睛里都是清亮的东西。他站在教室外面，等着一个叫陈美的女生。那个女生很漂亮，因此值得男生这么用功地追求。

他在陈美会出现的所有地方出现。这样，他就能够和陈美搭讪说上话。他成功的那一天，是在一个水果摊前。那天水果摊主有事情，那天是星期天，就让她的女儿顶替一下 。是的，我就是水果摊主的女儿。

我卖给了杜时很多水果。因为叫陈美的女生说：“我很喜欢吃水果，你把这些都买下来，我就答应你。”

后来陈美答应了他。因为他去打工，赚来的几百，都买了水果。

那么克制吃东西保持瘦瘦身材的女生，能够吃多少水果？家用冰箱也没有那么大。所以，陈美的骄傲传遍了学校。

她吃一点就丢一大半，像最骄傲的公主。上千块的果品，挥霍浪费掉。

那么猛烈地去爱一个女生的男生，况且相貌又不差。我的念头冒出来也不为过。我的念头很单纯——为什么我不是陈美？

那样的念头，散发着17岁时最美好的羡慕。

『5』

就像人生走到路口，难免要各自选择方向。先是小学到初中，再是初中到高中，然后高中到大学，最后大学到大学以外，无边无涯的世界。

在第三个路口那里。

高中毕业到大学的路口那里，陈美扶着单车的样子，心不在焉。

而杜时，还是骨子里虽然勇猛，面孔上仍然略带羞涩的男生。他们约会常常会经过水果摊。最后一次他们经过的时候，我就在那里。我们都考完了。我知道，陈美选的学校，不是杜时的学校。

他们之间没能够达成一致。因为她爱艺术，向往那个国际大都市。而杜时，调剂到第二志愿的一所本地普通大学。可能还找了点关系，他家条件不错的。

他们的对白，外人听着也会有点脸红吧！我低头整理着因为夏天要结束，日益缺乏顾客的冰柜。他们什么都没发生。

幸好什么都没发生。我那么庆幸，陈美终于要离开杜时，她说“算了”的时候，我心里在同上帝感恩，上帝对我仁慈无比。

『6』

杜时对我很好。像任何一个溺爱女朋友的男生那样，下雨送伞，撒娇就哄，帮女朋友做这做那。某一个雨天，他吻了我。

那是长大第一步。

后来，我们在外面租了小房间。是我主动提的，我要成为他生命里的组成部分。

长大就变成了飞快的事情。《龙猫》里，一颗种子一夜飞快长成了大树。

但他仍然逃课，并且爱玩游戏。就是不爱做功课。

我没忘记我是班长，包庇他是顺手牵羊那么容易的事情。可是，我可以包庇任何一个别人，却不想包庇他。如果你喜欢一个人，难道不应该发自内心地真正对他好吗？

我说："杜时，玩归玩，至少不要一学期考试挂一半科吧！"

我说："你学分还差那么多怎么毕业啊！"杜时说："不怕，现在有你啊，考试时候你坐我边上。"

我顿时无语。

大三下学期的考试，我们都被抓了。

我和辅导老师关系那么好，也只是不被送到学校。为了压制闲话，我们都必须重修某一科。我第一次觉得很生气。

"你可不可以争气点？"

"有什么？我一直功课一般，一直这样啊。现在重修又不用交钱，无所谓。"

"我记得你以前不是这样的。"我有点气急败坏。

杜时偏过头，问："我以前什么样？"

我遇见的，是年少而勇猛去爱一个女生的杜时，小心翼翼请求恋人的杜时。

为了惩罚，表达警告，我搬出了那个曾经花费心思布置的可爱又温暖的小窝。

『7』

很快，我再见到杜时，也见到了他手里牵着的新鲜面孔。

“你怎么会这样？变心那么快？”我吃惊了，悲伤地站在他面前。那个女生大概没有完全明确关系，干脆笑一笑，退开回避。

杜时低头，抽一根烟，然后说：“就快毕业了，又不知道谁究竟跟谁在一起。我们也不搭配。你那么好好学生，我呢，混个学位而已。还不知道学位混不混得到呢！”

可是，这已经是2005年的夏天。你和我之间，不是你曾经和陈美那样。

杜时忽然正面看我说：“你不会想告诉我，你肚子……我做了措施啊！”

很无辜的表情，笼罩在他的面孔上。

“是的。你做了措施。这并不代表就万无一失。”

我说：“我明白了，我知道我该怎么做了。大概我面色苍白到吓人的程度。杜时紧张起来，说，要我陪你去吗？”我感到厌烦。

我说：“不用，谢谢。”倔强得像是撞墙不回头的傻瓜。

他在我的背后，低低地说了一句话。

『8』

2008年的夏天一如既往那么炎热。当夏天结束后，坐在公司窗边，凉风吹过来，旁边的同事一个接一个感叹：“好舒服啊！”

我跟着她们感叹：“真的很舒服。”然后，看见小企鹅跳出的社会新闻。社会新闻说：高一女生怀了男朋友的孩子，自己都不知道，然后上厕所生了下来。

那些感慨，连绵起伏。“现在的小孩”，“越小越不得了”……

我心里一阵一阵的异样，胸口觉得不舒服。

大学毕业后，我没有再谈恋爱。有见过异性，却躲躲闪闪，双方都提不起交往的兴趣。

杜时，我知道他结婚了。我知道他娶的不是大学里的女同学，更不是陈美。我们再也没有联系了。陈美嫁了外国人，生了可爱的混血儿。

离开写字楼后，我觉得肚子好饿。

这个城市，不再到处有水果摊卖着水果。这是要日益发达、日益文明的城市。

终于走到一个路口，角落缝隙的小店兼顾零售花花绿绿、颜色鲜艳的苹果香蕉和橘子。我说：“我全要了。”老板愣了，然后眉开眼笑说：“我送你袋子，袋子我不收你钱。”

很重，我拖着走。吃一点，多一半丢垃圾箱。

等到我两手空空时，我哭了。

那年在大学校园路边他说：“陈美那样的女生，我只遇到一个……”

他的话，我没有听下去，我已经跑出很远。

他说过，做了什么就变成什么样的大人。拒绝了他的陈美，像一个永远美好的梦中少女，成为贯穿一生的回忆。

而我，变成了孤单的、怯懦的、对爱淡漠的大人。

我不会被他提起，像陈美那样被提起。

年少时的爱情，吹动我们的心

『1』

有些词不能撞到一起，撞到一起整个世界就不对了。就像童年加上一个后缀词：寂寞。

让人不爽又无言，被敲打骨头一般。

『2』

童年的松褐脖子上挂着一枚闪闪发亮的大钥匙，跟着她上学放学，扑腾跳跃。年纪轻轻就学会了炒饭，大人们去上班，回来晚了，小孩子当然只有自己填饱肚子。松褐寂寞，开始玩天牛。

世界上怎么会有天牛这么难看的昆虫？从头到脚就写着两个字——恶心。老式小区里的园林花坛紧挨着阳台，杂草丛生，动植物繁盛。松褐看电视，选秀节目里那些抱着乐器表演的年轻人。

她谈不上喜欢音乐，但她这样乖巧听话的高中生，向往另外那个热情沸腾的世界。不过比起找不到梦想，更加可怕的是寂寞。

举头看见五百万颗星的夏天夜晚，松褐逮住了一只光肩星天牛。她操起手电筒，专心照着，用锋刃雪亮的张小泉剪刀，“咔嚓咔嚓”两下，这家伙就失去了触角。

可怜的光肩星天牛顿时惊慌失措，茫然四顾，不知道何去何从了。松褐咕咕大笑，像一头被点了笑穴的孔雀。

等到天牛也被玩腻了，还有栗山。这男孩一丝不苟坐在窗下，写着永远写不完的作业。

如果你也有一个不爱写作业，动不动逃课的小伙伴，而这个小伙伴把所有的作业都转嫁给你了，你怎么办？惨不惨？

栗山的表情很淡定，觉得自己所做的，是天经地义的事，完全不觉得自己惨。他做完功课之后，统统签上松褐的名字。喜欢一个女孩，帮她写功课，是一种莫大的幸福。

午后溜达出教室，跟松褐在路上拉了个小手，栗山已经满足。

有栗山，松褐觉得寂寞像只猫，她打败了它。见一次打一次，叫它不敢来侵犯，松褐凭借栗山，捍卫了空乏的心灵。

『3』

松褐与栗山两家毗邻本区的一个夜市，历史悠久，各种吃的应有尽有，烟雾缭绕中，人们就着毛豆喝着金龙泉啤酒大嚼小龙虾。松褐买的剪刀很好用，被一个女孩借去剪龙虾了。

之前，松褐买了剪刀，还有一堆做手工的针线和珠子，准备自得其乐，顺便给栗山做一串手链，用淡淡碧绿色的天河石。采购完毕已经是黄昏，她在那个女孩工作的摊子上，吃了一晚兰州拉面。兰州拉面到了晚上，就变成时令夜宵。

松褐做完了手链，就失去再接再厉的耐心，大大咧咧地把几十块的高级剪刀借给了那女孩。

隔了几天，那女孩打包了半盒麻辣小龙虾给松褐，顺便还她剪刀。好剪刀就是好剪刀，洗过以后，闪闪雪亮一如崭新，毫无污迹。松褐看着满袖子油污的同龄人，问道："你也不喜欢上学吧？直接就上班了啊？"

女孩只笑，不回答。松褐管她叫琥珀，因为这女孩眼睛像琥珀，带着光彩。她没问她真名，因为她不肯说。

"你一个星期挣多少钱啊。"

琥珀眼睛熠熠生辉，告诉松褐："反正没考上大学啊！我一个星期挣四百块，生意好还有奖金，我男朋友就快大学毕业了，我快不干啦。"

哦，松褐总算搞清楚了，差不多年纪，但别人心里是有梦想的。这个梦想是帮男朋友走向人生发达，然后娶自己。

后来，虾子退市，暑假结束，趁爸妈不在家，松褐带着痛哭流涕的琥珀，回家洗了个澡，把自己的衣服找了一套出来，给女孩换上。

一只云斑白条天牛漫不经心路过松褐家的窗台，从那女孩的袖子上爬过去，她却完全没发现。她一直在哭。

松褐去冰箱里拿冰冻的红豆沙，回来时，发现琥珀不哭了，而是看着对面的窗户发呆。琥珀突然跳起来，来不及跟松褐道别，仓皇而逃，夺门而出。

哦，对面的栗山埋头运笔如飞，认真用功，正对着琥珀的视线范围。真像那个辜负了琥珀的渣男。

那是一朝被蛇咬的阴影。松褐闷闷地自己喝完了红豆沙，又难过又庆幸。勤奋念书的男生，也可能不是好东西。哪怕他曾经发誓大学毕业了就和打工养他的女孩结婚。那男生甩了剔龙虾的女孩，闪电般跑去广东，找了一个家里开着小公司的女孩。泡沫幻灭之际，女孩心碎之时。

琥珀的家人打听到逃家的女儿的下落，要带她回家。但琥珀已经再次逃掉了。松褐不知道为什么，也不知道琥珀会去哪里。琥珀家给她安排了好对象，男方还在小镇给琥珀安排了一份过得去的工作。可是琥珀不乐意，她不喜欢那个全无感觉的定亲对象。

是的，别觉得这是二十一世纪，就一切先进文明得很。中国之大，有的地方时髦永远存在，有的地方落后始终潜伏人心，千年难改。最重要的是，你要得到选择的自由，你就必须颠沛流离去冒险。

不过，她总算知道了琥珀的真名。爱情不止松褐遇到的这一种，年少单纯，人性来不及显露最憎恶可恨的一面。

触目惊心的松褐打了个寒噤，好在她只是个旁观者。她不想跟琥珀的命运一样，哪怕是一点点相似也不行。

栗山伸个懒腰，放起老歌跟着哼唱：“人生是，美梦与热望……”

他的热望全部聚焦在松褐身上，对于悄悄改变的一切，全无察觉。

『4』

松褐收回了全部的依赖。

一个女孩，不一定要把一个男生当成全部的世界。

她开始振作用功，去了一个好大学，急转直下的变故把栗山给搞懵了。不是说好了，功课一般的松褐尽力读个二本或三本大学，只要和栗山都在南方一个城市就行吗？

到了大学的松褐，根本就把栗山抛在脑后。她报了吉他社，跟着一大群同学，嘻嘻哈哈找个露天角落切磋起来。

嘈杂的音乐惹得路人侧目，松褐的云斑裙子上，沾了冰淇淋。她不以为然，开心地弹唱。这是她的生日，她拿了一笔大学社团比赛的奖金。一切都是自己努力所得，为什么不青春作乐？

落日在风中飘摇，吹着笛子的男孩，一步一步走到松褐旁边。

这一刻伟大得如同开辟鸿蒙。

"你弹得真好，我们去看电影吧。我叫陈桑，法律系的。你呢？"男孩发出邀请。

"好。"

"桑少爷，马到成功。"有几个男生挤眉弄眼起哄。

松褐从来没见过这么多才多艺的男生，琴棋书画、游泳、电游都会玩。同学叫他少爷，真没叫错。

有一天，桑少爷穿了一件黑色大风衣。

松褐翻过牌子，赫然是阿玛尼。什么样的学生，穿得起这样的牌子？走起路来信心满满，气质盖过众多男同学。

桑少爷大笑："松褐你别想多了，这件是我爸的，我总穿他不要的。"

松褐相信他。

桑少爷常常请客，一大伙男孩跟着他吃吃喝喝，唯他马首是瞻。他和松褐在学校附近租了一间漂亮的小公寓。平时松褐有奖学金和零用钱，不花陈桑的钱。

第一次认认真真恋爱，松褐希望彼此平等交往。

大一的末尾，消息传开，下学期桑少爷会当学生会主席。松褐总在等着桑少爷回来。陈桑总是很忙。忙忙忙，时间不够用。只是大学的学生会，有必要像外面的社会那样吗？

“松褐，我昨天在别的学校看见陈桑了。”

“松褐，你看紧点你男朋友。”

“松褐，你玩不起的。听说他家真的条件很好，女友不停换，你算是最长的一个。”

“松褐……”

松褐心情很坏，一个人在九楼的小公寓里眺望。星光隐退，一片灰霾。这个大城市不是她的家乡，也没有无数天牛爬进来，让她剪掉触角，发泄郁闷。

她突然想起栗山了。

从前的自己，说放下就放下，大概是因为，她并不爱栗山。

松褐觉得自己从天上又掉回地下了。患得患失，像个锱铢必较的商人。

她终于翻看和摔烂了陈桑的手机，像个骄傲的孔雀嚷嚷起来。

“老婆老公叫得真有爱，么么哒嘛。不喜欢就吱声，我马上走，不妨碍你们。”

陈桑就说实话交底了。

“我真的要走了。走之前，玩玩。”

“去哪？”

“转学，去北京。”

松褐总算搞清楚了。从一开始，陈桑就只会在这个大学待一年。他那当着高官的爹，都安排好了。她一直以为，陈桑不过是个家里做生意比较有钱的男孩。

松褐悲哀得哭都哭不出来，摔门而出。

『5』

桑少爷消失了。法律系的系主任点名时发现空缺了学生，台下解释：“转学啦。”系主任大吃一惊，什么：“大学还能转学，我居然都不知道。”

松褐也没想到，自己真的遇上了一个少爷。她厌憎这种人。

隔了个把月。

松褐接到了桑少爷的电话，她只听不说。

“松褐，我还是喜欢你的。但我有自己的路。以后你找我，我一定会尽我所能帮你的。”

是有这样的男孩，不要了又惦记，觉得不知道自己身份家境还爱上他的女孩，是好女孩和真爱。

“松褐，你说话呀！”

桑少爷终于无话可说，松褐挂断了电话。哀莫大于心死。

后来，曾经和桑少爷玩得好的几个同宿舍男生，收到了他的结婚请帖。

没来由的，没人敢追松褐了。

除了栗山。

『6』

我们历尽苦难觉得无限漫长，但之后长大却只需要一瞬间。

松禍仍然寂寞，就像是童年时代那样。

她搬回了宿舍。

再见到栗山，松禍非常吃惊。

“没什么，我退学了，又考了一次。反正没有我考不上的大学。我就是要和你在一起。”栗山恶狠狠地说。

换了别的女孩，说不定感动得泪流满面。但松禍直觉判断这很可怕，像小时候遇到了自己的天牛，触角灵敏摇晃，这种爱情，危机四伏。松禍只想跳起来，逃之夭夭，完全不给栗山赶上的机会。

逃跑有用吗？低头思索的片刻，松禍坐了下来，说：“如果我现在答应你，还能愉快地在一起吗？”

“我不明白。”

“为了我，你牺牲那么大，到底是爱更多，还是恨更多呢？一个人太恨另外一个人，就会放不下。”

“我不管，我就是要和你在一起。”

“好吧。那现在开始，我就是你女朋友了。过来，吻我。”松禍乌黑的眼珠，有光，也有泪。

栗山愣了。

他走上前，半闭着眼睛吻下去，松禍平静得很，就像自己的嘴巴不过是碰了一下豆腐。栗山突然觉得索然无味。

故人已变，这是个陌生的女孩了。

『7』

年少时的爱情，是四面八方来的风，吹动我们的心。没什么主见的我们，读一本书，听一首歌，看一段故事，旁观别人的遭遇，不知不觉就被影响了。我们对爱情的定义和认知，提前被预置了。

然后遇到一个人，为之命运颠倒，悲伤欢笑，世界观崩溃，需要重新修复聚集自己的灵魂。

尘归尘，土归土。穿过迷途，便是路。

松褐收到一张明信片，没有落款，只画了一张笑脸。也许这是来自那个逃跑女孩琥珀的祝福吧。松褐不打算把琥珀的真名告诉别人，因为琥珀大概醒悟了，像这个世界上那些忽然开窍，懂得为自己活着的人。不分男女，都不能完全依靠他人。

『8』

其实自己和栗山是一种人吧！松褐心想。被伤害了，就耿耿于怀。可是，又有什么放不下的？昔日的栗山，变成今日的栗山，然后对她失去了兴趣。

松褐在学校外面兼职做吉他老师，教小朋友的时候，忽然在电视里看到了一个跟桑少爷长得很像的男人。

对了，那是桑少爷的爹。陈桑的爹出事了，被带走了。松褐完全没有那种奇怪的高尚想法：我只爱你的人，你家落难了，我就要出现在你身边了。

松褐只是给桑少发了一条消息，说了一句“保重”，在她彻底换掉号码之前。

『9』

松褐休学了，但不是为了陈桑，也不是因为栗山。她决定去做自己喜欢的事情，加盟好友的音乐教室。

松褐有个业余研究昆虫的父亲，一辈子在小城市待着，没什么出息，也没什么失落，光肩星天牛、松褐天牛、锈色粒肩天牛、栗山天牛、云斑白条天牛、黄星桑天牛……品种繁多。做父亲的，顺手就给心爱的女儿取了名字。

幼年的松褐极其嫌恶父亲这种偏离主流的审美趣味，而今不了。

它们一样从粒状的童年开始长大，进入险峻的世间，东奔西跑。没了残酷的人类剪去它们的触角，它们想必在屋顶或树梢，阳台或瓦盆，嗅着天地万物的气息，辨析自己的心，觅食谋生，也猎取属于自己的爱。直到她的触角，找到另一个和自己气味相投的人。

你要打败你的童年，再成为最好的自己，谁也不例外，仅此而已。列车穿过山间隧道，穿过湿地湖泊，穿过城市乡村，抵达目的地时，松褐在心里说："北京，你好。"

陪彼此度过漫漫冬天

1『另外一半鸡腿』

这是夜晚，24小时不打烊的麦记快餐店门口。邵卓计算好了这周要改善伙食。

邵卓在晚上经过麦当劳的时候买了一个麻辣鸡腿堡套餐当晚饭，但是吃掉鸡腿堡里的一半鸡腿以后留下面包。然后在冬天清冷的早晨，肚子感觉最饥饿的时候，拿出那只在地下超市买的廉价吹风机。热热的管风在三分钟内，让面包上的白芝麻散发出夺命的香味。这便是早餐。

以上的细节里，他节约了买烤箱的钱，享受了“奢侈”的晚餐和“洋气”的早点。甚至床都不用起，隔夜面包和吹风机都在小小的白色床头柜上，触手可及。重新买的开水瓶，派上用场。

本来还可以搭配味美廉价的奶粉冲的牛奶，但三聚氰胺后就换成了豆浆粉，或者豆浆也危险，这就难说了。

这种以及类似这种的无数行为，在地球上有一个精神奕奕的名字——中文叫“小撇步”，英文叫tips。当然时尚杂志都爱叫小贴士，好像生活是充满了漏洞和缺陷，非要打满补丁似的。

所以，最美丽的叫法，就是“小撇步”。

泛指我们穷人挖空心思的穷智慧。

这依然是个很可爱的男生。

在妮妮见识过邵卓波澜不惊、习以为常的早晨小功课后。

烤好的吹风机面包，先送到她嘴边。对了，隔夜之前的另外一半鸡腿，自然是带给妮妮的。每周一次改善伙食，在全球经济不景气下。

2『夺命“小撇步”』

并不是生来就这样挖空心思的。

并不是天上就会掉下“小撇步”。

在往日辉煌的经济学大师们沮丧地预言这个冬季很漫长，最好多存点口粮的警告里，邵卓失业了。他在沿海城市的浪潮里，第一波被打中。领取了一笔补贴金回到他的租借的寓所放了长假。以前一直想要很多的假期，好陪着妮妮博取欢心。现在，他感觉要把自己一辈子的假期都预支了。

2007年6月，他们一毕业就住在了一起。

大半年后，妮妮就在考虑，是继续住下去，还是找一个有工作的男生。在慌乱的不景气的经济环境里，寻求一艘载人的“宽大邮轮”，比如有房有车有存款。

他说要给她幸福的。

但现在，他极难维持的，也不过是貌似幸福的“撇步”人生。她仍然住在他身边，目睹更多的精打细算过日子的人造小撇步诞生。但是，邵卓的眼睛里左边是抱，右边是歉。总在爱人的眼睛里读到抱歉，很奇妙。

那是一种奇妙感觉，先是有点甜蜜地笑着。但笑着笑着，心头忽然冒起一点酸楚来。

这些要命的夺命“小撇步”，让妮妮把头等的青春，也就是十八九岁的初恋交给了邵卓。你能说青春不是一个人最珍贵的一段生命吗？

最重要的是，一开始，邵卓就是一个有志青年，家庭条件很一般的男生，念大学时就充满了筹划生活的聪明迹象。勤奋又用功，尤其是，还不失一点点浪漫。

毕业后他进了知名外资公司，一切美好露出头来。然后，一个月又一个月薪水送到为了未来设立的账户上。

都是逼出来的。

后来，他被裁了，在立冬以后。

今天出门时候，他说：“我好像有戏了，也许可以找份临时工。回来给你带好吃的。”

妮妮点头，甜甜一笑，说：“我等你。”

在他出去后，她的手机一直闪亮小屏幕。

3『被裁后』

小小的露台上，有一点萤火虫似的烟头，忽明忽暗，像是走不到尽头，无辜拼命。他是不抽烟的好男生，因为他算过账，一个男人一生抽烟按照递加的烟瘾计算，该花掉多少钱。

她站在一百米外的角落，在最暗的夜晚的暗处，望那个她喜欢过的男生。他去她宿舍的第一年，在她书桌上摆好一只新鲜洗净的苹果。

他大三那年的冬天带她去吃涮羊肉小火锅。那是自助餐厅的买一送一优惠活动。

他一个月吃方便面，给她买了女生那年流行爱穿的鞋子。

他对她好，款款深深。她叫陈妮。他叫她妮妮，一句一句的，浓密流淌如蜂蜜一般。像幼儿园里的蜡笔小新，凑近他最爱接近的小女孩妮妮。昭昭之爱，日月鉴证。

真的，他们还一起看过日食和月食。恰如其分的浪漫，让妮妮觉得这个男生太靠谱了，值得相守。毕业后他上班，她零碎兼职，利用人际关系找到优惠货源，在网上买卖些东西。因为工作确实不好找，能够补贴零用也好。

他们一起看过日缺月残，重又复圆，但抗不过前路茫然的恐惧。她也开始学习计算起来，计算他些微的积蓄和补贴金，足够吃到明年5月。时光不待，因为肚子是不由人控制的，会日渐饥饿。裁员的消息越来越多，报纸新闻风雨如晦。她的网店也关门了。

她很久才能吃一次麦当劳，距离渴望的元祖椰丝奶油草莓蛋糕也越来越远了。价位上百的东西都归入奢侈享受，必须规划日期。

妮妮哭起来。

他等她回家。

但她此刻想，不再回去了。那个狭窄的，误以为就是天堂的鸽子笼。

就算那个身影站到黎明，站到天亮。

转身，路的边上，妮妮上了一辆蓝色的小车。

4『新达人』

凌晨2点是最寒冷的时候，他穿了全部厚实的衣服披了外套在小露台上翘首观望。街灯寂寥，杳杳无人影。手机拨打，挂断，再打再挂，但却没有关机。

什么时候会复苏呢？世界经济复苏了，出口恢复了，他赖以发达的外贸行业才英雄有用武之地。但是，英国的《金融时报》说，也许那是下一个五年，下一个十年的事情了。

世界可以等待。

但是他的人生就要破败。他失去了妮妮。“陈妮，妮妮……”他喃喃念着。抽一根烟，念几下名字，想一段过去，天就亮了。

亮得彻底，一如过往无数全球繁荣的白昼。

阳光照耀身上，一片温暖。滚滚逆市里，他即将推出《陪你过冬三百招》。他在网络上发帖介绍他自创的种种生活“小撇步”。他被称呼为经济危机下的新“撇步”达人。一个同样混迹论坛的出版商愿意和他合作，从吃饭穿衣到坐车出行，收集各种抠门绝招汇集一册，可以小捞一票。他还可以回家乡的小城市当老师，虽然曾经他很不愿意过那种重复日子。那里物价低，更能过冬。

总能够生活下去。

只看你是否愿意。

但是，她不在了，不愿意陪着彼此过冬。

一念天堂，一念地狱。不，不。不在天堂，没有地狱，只有百感交集的人间。

5『陪着你度过漫漫冬天』

蓝色小车缓慢驾驶出三环线。

眼泪终于流干了。妮妮在车上大喊："停！妈，你掉头。"

这是一个峰回路转的结局么，其实也不算。难不成，她坐上的是某个富商的小车吧。要知道，经济危机下富商们的财富缩水最厉害。商人重利轻别离，用来找情人的开支早就缩减了。新闻报道说，许多漂亮情人无法再过金丝鸟生活，分崩离析。

所以，蓝色小车不该是名车宝马，或奔驰，或奥迪，或其他。

那只是一辆家用的老尼桑。

"妈，你再借点银子吧，我们打算开个网店，赚了就还你。我保证我们以后不做啃老族。"妮妮信誓旦旦。她要施展她的手工，她本来就是学服装设计的。自己做的，成本最低才有利润，以前懒得动手。

妮妮的母亲叹了口气："你爸不来还真明智，就知道你这个丫头会变卦。"

变卦又怎么样，一定要对得起自己的心。至于所谓的不错的相亲嫁人对象，见鬼去吧。

想清楚了，就不再犹豫徘徊了。

因为他没放弃最后的努力。"我的妮妮你要幸福"。"就算不能和我等到幸福，我永远爱着你"。他发了短信，发完就关机了。

这太感人了，太用心良苦，以退为进，背水一战了。

她做不到铁石心肠辜负最后的努力。

天亮时刻，路灯重新熄灭。日光照射下来，眼前车窗一片明亮。她必须赶到，赶在小房间的东西没有被丢掉，记忆没舍弃，一份爱情和那个人还在房间里。

车子停到开走的原处起点。

邵卓，邵卓，邵卓，等着我。

陪彼此度过漫漫冬天。

再冷也不过是个冬天，总会过去的。

人在，爱在，你在，我在，彼此都在。

平静饱足的青春，因为一个你

1『你的礼物』

年少时我喜欢过一个人，我们之间的关系，跟一头超级肥胖、人人爱的猫有关。没错，你猜对了，就是哆啦A梦，曾经又叫机器猫。

你是我的同学，平时我们没怎么搭上话。

那天我问你想要什么生日礼物，你说限量版多啦A梦。

“A梦？”“还A片呢!”我大笑，“你这个人真幼稚。”

你急了，你说：“方梧你一个女孩干吗不讲文明，我就是喜欢多啦A梦怎么样？”

我一脸无辜，假装天真说：“你们男生不是就喜欢聊这个吗？还偷偷摸摸躲躲藏藏的。”

你目瞪口呆火冒三丈急火攻心无言以对，像个哑巴。“你别急啊，一头的汗，我跟你开玩笑的，我这人不瞎掰就不会说话。”

看到你一急我也急了。我急了就会使出杀手锏，我的杀手锏不太高大上，我一冷场就开始搞笑，我掏出一坨柚子：“梁翔，给你吃，消消火。”

其实，我挺喜欢看你急的。我们就这样从一只外国的猫接头了。

我知道，我们开始了。

2『男孩像你』

男孩像你，非常倒霉。你遇到了我，烈日炎炎的体育课晒得万物稀烂、生灵涂炭，你的步伐没跟上节奏，被身材彪悍的老黑飞踢了一脚。这一脚，众目睽睽，所有人忍住笑，焖烧肘子一样汁液饱满内心愉悦。很遗憾我笑出来了。

你回过头恶狠狠瞪我。

老曹，也就是你的体育老师，大吼一声：“梁翔，你还敢瞪女同学，你自己做错了动作就别怕人笑啊！”

后来我在元旦欢聚活动上，表演了一个顺手牵羊揩别人橘子的人。我看见你被逗乐了，乐不可支，笑得头皮上的小卷发都在颤抖，挺像一束花。

女孩像我这样，走谐星活宝路线，在你人生里实在没有几个吧。奇葩吗？也许吧。如果奇葩能够让人印象深刻，为什么不奇葩？

3『信你』

22岁的时候我有一笔稿费，这笔钱不能直接进我的口袋，因为我用笔名发表的。我填写了你的账号，让你再转给我。本来理直气壮光明正大属于我，但我得用昏暗不见光的手段才能辗转得到这笔钱。那个时候我们分手四年了，整整四年都没见过面。

从提款机取了钱的时候，我像《红楼梦》里的空空道人摸着宝玉那样唏嘘，想当日，“天不拘兮地不羁，心头无喜亦无悲。”

就因为锻炼通灵了，是非苦恼全来了。嗯，“天地不仁，以万物为刍狗。”你也不仁，我们互为熔炉，我遇到了你，我们相互锻炼，我们通灵了，牢笼我们自己建造好了，钻进去，再也不愿意出来。

我在想如何拿到那笔钱的时候，想过了很多人，但这些人全不足信。我却信你，偏执固执如我执。

你接到了我的短信果然遵照我的意思，办好了事情。然后你把这事埋进深海的永暗处，不多吭一声。你是个嘴巴很牢固的家伙，这才算男人。

满腹秘密，守口如瓶，是一种很高的品质。

4『人生中最大的一件屁事』

我们分手的时候，世界上发生了很多事情。要你帮我转钱的时候，世界上又发生了很多事情。我梦见你的时候，世界上还在发生很多事情。没完没了，叫人痛苦厌倦。

日本的地震之后，福岛核辐射事件又过去了几个月。东京之旅的团体报价跌到历史新低，既然这么便宜，我就报名了。在周五的晚上抵达上海，紧跟着同伴的队伍，我心想，不要命的人真多，不止我一个。同去，同去，管它世界末日还是核辐射。

报名之前，我发邮件问你：“你在东京干嘛呢？”但你却完全不回复。

所以我又给你发了邮件：“我管你是死是活？关我屁事。”你仍然不回复。

我忽然意识到，对，你就是我人生中最大的一件屁事。

5『我亦飘零久』

当年我们报考了同一所大学，你差两分，被调剂了。我要你不去，再考一年，跟随我。你不干，你胆小，如老鼠。你没选择复读，我们也就分道扬镳了。

按理说，长大了，成年了，就不要再把可怜兮兮的人生责任，推卸给过往的岁月，以及路过打酱油的人。因为没陪你长相厮守的人，都是酱油党。

但我心中还是长满了草，许多的草，荒芜寂寥，我想起了郑智化的歌。“小小的草，迎风在摇……苦难的时代中，不屈不挠……生命的匆匆交替，短暂一生”。我没哭，你也没哭，两个傻子相对不说话。我冷笑了，离开逐渐冷清的教室。

走出教室，你没跑出来追我。我自有我的世界，走向末日。听最钟爱我的老师说，你在教室坐到最后才走，表情淡漠，上了你父亲的车。调剂了也还是名校，为什么不去读呢！听家长的话，都是好孩子。很好。

1999年，诺查丹玛斯预言1999年7月将是人类的世界末日，时间最爱抽这些神棍的耳光，每过去一天抽一耳光，响亮无比，清脆动人。

人类天生犯贱，最爱末日情结。隔几年就有人嚷嚷末日，1999年末日，2012年也末日。买不到船票，别操这份心，因为操了也白操。

我越来越容易爆粗口，我风风火火，轰轰烈烈。我职场打滚。我又谈了恋爱，我要死要活，我笑中带泪。我变得不像我，也是题中应有之义。

江湖历练多，我亦飘零久。

6『山海俱忘』

我做梦了，梦见很多事，很多人，包括你。

在我做的第一个梦中，你活着，我死了，寿终正寝的那种死。遗憾啊，你比我更加长寿，你家遗传基因好，姥姥活到了92还健在。你来哭我，哭得稀里哗啦，以至于我不知道我是死得喜，还是死得悲。最爱的人为你哭成这样，值得了。可是阴阳相隔终无生趣。

在我做的第二个梦中，我梦见了前任男友，他不知道在乐着什么，一个劲儿傻笑。奇怪的是，我没有骂他。我跟他说："我们去潜海吧！我们去登山吧。"他说："好啊，我愿意陪你上山下海，在所不惜。"醒来以后，我山海俱忘。

直到做了第三个梦，我才想起来第二个梦。然而，前任男友，因为我的爹妈希望他家多出一份钱，以便两家集资可以在魔鬼一般的大都市，共同为子女建一个小巢穴。他的爹妈腹诽不已。闹腾几次，散了。他不会为我赴汤蹈火、上山下海，他不是那种人。我怜悯他，就像怜悯我自己。上山下海这种事情，怎么能够指望前任那样的男生？

结婚计划破灭，那就算了吧。次要的人、次要的事终于退场。我有时间去想一想，我人生中那些最重要的事，最重要的人。在我想着的这段时间里，日本地震了，排山倒海，摧枯拉朽。

你在日本。

没有原因，我就是知道你的行踪。我心中有一颗星球，运行不息，但不为人知。像曾经的冥王星，天文学家不发现，它还是存在。

梁翔，你还记得吧！我们约定过一件事情。在我们年少无知，爱得无以复加的时候，我们说，将来我们要一起死！因为爱如闻道，朝生暮死。我们相信自己说的话，虽然都是过期作废的话。

古人也傻，说什么“朝闻道，夕死可矣”。我跟你打赌，说这话的古人晚上肯定没去死，说不定邀三请四，以牌会友。就像《泰坦尼克号》沉没，杰克死了，露丝活下去。《盗梦空间》却拆穿，妻子死了，丈夫没死。

我情愿无知快活，也胜过耿耿不寐。

7『人类群星闪耀时』

你很平常地死了，沉默无比，就在一瞬间。你不在东京，你去了沿海。你居住的民宿在几秒钟内，被卷起，被巨浪拍碎，一个生命连带这个生命毕生经历的全部喜怒哀乐，顷刻倾覆。

现在，我就把我应该为你流的泪，一次性献上。

在你意外死掉的地方。

与此同时，我还是说说那个黄昏的事吧。十年前的那个黄昏，我们翘课，走出中国一所最寻常的高中，校外的马路空阔寂寥。

穿过一条流淌污水的街道，我们步入茂密的树林。穿过树林当中，你不说话，你是千千万万不善言语的男生中的普通一员，你抓着我的手，温热略烫，我有一点心慌，我想说话，打破沉寂。我看你的侧面，又不想开口了。

我们来到了树林后的水塘。我们没做什么，我只是注意到夕阳的光芒令世界泛着奇异的辉煌，这光芒在你头皮的小卷发上，曲折闪烁，变幻出了彩色。你，一个彩色头发的男孩，双臂环抱了我。被抱紧的我，平静如安全饱足的婴儿。

我第一次体会到了忧患。

人生忧患情动起。从你那里得到的一切，假若有一天因为你失去，我又该如何？这个问题一旦浮现，就此生根。

中间还有一个暑假，我们奔赴了外省。在外省的郊野，我们去看群星的闪耀，然后消亡。

来自各地的天文爱好者们拥着被子，躺在地上。我们抓着彼此的手，此起彼伏发出惊叹。我忘记了，到底是哪个星座的光芒照耀了夜空。我转过头，你的脸，你的呼吸，在这个世界上，如此深刻。我们嘴巴啃嘴巴。你笑了，我也笑了。

我走过你出事的地方，眺望海面，风平浪静。世界如此庞大，个人这么渺小，完全没有影响，不改运行。

梁翔，你的名字，出现在遇难者记录里，永远记录着。登机的时候风很大，我压低帽子，我要回到我的祖国。

飞机悬挂在天空，从窗口望出去，大地倾斜，俯瞰众生。多少人之中，才有一个人默然入心。我突然很害怕。

你不在了，永远不在。多年前，我们发誓要永远在一起，无论生死贫穷与疾病。

我们被死神分开，然后，我一半为你，一半为自己，要好好活下去。

伤心的人别听慢歌

木星在西餐厅一刀一刀切着牛肉，但却不往嘴巴里送。阿水在她的对面，哑然而坐。

不知道用了多长的时间，她才恢复了正常，然后去洗手间补了一下妆，再平静地回来，说："你今天找我出来的意思，我都明白。所以，你不必跟我说了。我们最后一顿饭，好好吃，可以吗？"

这次轮到阿水神色黯然了。阿水说："谢谢。"

两个人对坐着，任凭餐厅里的音乐慢悠悠变换着。

谁也未尝动手，食物从沸腾化为冰冷，犹如世间所有浓情，难免最后稀薄，所有悲愤终归都会淡漠。

1『海报女生』

去年夏天，木星穿梭于城市角落，贴着她服务的服装公司的设计海报。那家公司很有名，所以有资本玩创意广告。公司的宣传部门邀请特色艺术设计师设计概念海报，然后把50张珍藏海报，在每个城市里任意张贴，供喜欢这个公司服装的人撕下来保存，但要实名邮寄资料。

阿水撕了。

他撕到的，是贴在这个城市的第37张。

他其实不是这家服装品牌的追捧者，他只是下了地铁之后，看见木星贴海报的样子，心里微微动荡了一下。这个女孩头发平剪，穿着白色帆布鞋子，细细的脚包裹在牛仔裤里，踮着脚努力把海报贴到比较高的位置上。那背影显得很倔强，阿水的心微微有点痛。

阿水直接撕下来。木星转过头，听见这个男人说："我要了，我喜欢，我会邮寄登记资料给这个公司的。"

当时，木星记得自己只说了句："谢谢。"木星还记得自己低着头，如中学生面对老师。

他们一起进了地铁，到下一站，他们各自放弃了原先安排的去向。

他们一起去了一家红茶馆，是阿水发出的邀请。

木星喝茶时心不在焉，时不时趴在桌子上发呆。直到阿水忽然翻过她的手掌问："很辛苦的吧！要不要休息一下？"

木星愣了一愣，眼泪争先恐后而出。

2『刹那安定』

每个城市都有一些读亦舒入魔的女孩，咬定牙关不依赖男人。可是，男人总有办法的。

比如一句话。

只是一句话，就足够使女人的斗志和坚韧烟消云散。阿水说话带着微笑，却遮盖不住心疼。那手掌，有裁剪纸张、堆砌海报形成的茧。

女人终归是需要温暖的生物。不管这温暖，来自什么人，什么身份。木星好久都没回过神，因为她哭得很厉害很厉害，几乎喘息不过气来。这些年，大学毕业四年来，种种画面演绎如翻版的残酷职场电影。还有，毕业那天的失恋，那么惨烈的分手，她都坚强不哭，当终于有个男人肯疼惜她时，她却哭了。

最后，从红茶馆出来，她把头放在这个男人的肩膀上，不再说话了。

她觉得很安静，连风声都是安静的。这种感觉很奇怪，明明是动荡的空气，呼呼在耳朵边清晰分辨，但是心头却那般宁静，仿佛雪山的一面镜湖，波澜不惊。

只为这刹那安定。

木星无声无息地辞职了。

3『特殊男人』

阿水只是城市里的特殊男人。这种男人，单身，有足够条件给一个女孩家庭。但，他们不给，他们过了30岁，他们对感情洞悉，在开始他们就预先知道结局，不如只谈恋爱玩够本。

他们没有打算为某一个女孩子停留脚步。

她并非不知，只是低估了自己对安定的渴望。

那种食髓知味的对安定的渴望，让木星摇晃如醉酒的酒徒。他给予她安定，让她喘息，歇息。她在这安定之中，才体会到，所谓幸福，不过是没有痛苦与平静。这幸福太珍稀，让人战栗。

会有一天，那肩膀与怀抱，要给予别人。

这一天来得不算早，尚未很晚。一点点察言观色，木星就知道她该离开了，阿水是旅馆，她没有永远拥有的物权。她若再索取，该答应，能给予的，他也仍然答应，但不该答应的，他仍不会答应。阿水发出邀请的时候，破天荒没打电话，而是发了短信。

回避了声音，只余充满伪饰的文字。木星出来了，面色苍翠。苍是因为没休息好，翠，是因为心境悲惨而发绿。就此一餐，浓情该转淡了。

然后，无非是男女之间的各不联系。下一站地铁有下一位乘客。

本来就要这样结束的，变生不测的，是阿水。

这些年来，阿水身边没有缺过女孩。

他也并非不放感情，纯粹虚耗那些女孩的光阴。

4『他的情敌出现了』

阿水忽然一个电话打过来，在餐厅别后的一个半月。

电话里他欲言又止。木星主动了，说："有什么就对我说吧，没有关系的。"

阿水说，他过去的情敌出现了，想找她聊聊。

阿水说，那时候，他无比喜欢的女生，其实是他横刀抢来的爱。谁知道呢？痴情男子，也用同一套。于是，吓坏了的女生，回到前男友身边。她哭了，哭得很厉害，对阿水说："对不起，我没有办法。"

阿水遁形了。

从一个城市漂移到另外一个城市。情敌再次出现，带来一个事实。与情敌携手的也不是那女孩。动不动就自杀，其实是让人无法忍耐的胁迫。那女孩呢？出国了，远嫁了。他最爱的人，再不返回。

当时，他自问没情敌那么痴情和疯狂。他的镇定让他的感情相形见绌黯然无光。

阿水说完，就彻底醉了。

木星没有拦他，他在餐厅要了那么多酒，她没有劝说什么酒精伤身。

5『他说得痛哭流涕』

木星扶着阿水上了出租车，木星把阿水的头放在自己的腿上。这个男人终于像个孩子一样，柔软脆弱地呈现着。

他说了醉话。他说："你知不知道，我那时候有多喜欢你，我有多喜欢你。"

司机在前面充耳不闻。

预备他呕吐的塑料口袋没用上。到了住所，一个女孩，扶一个大男人踉踉跄跄上了三楼，进了房间，倒在沙发上，如释重负。一回家，木星确信自己已经没可能把他拖运到卧室，拿来垃圾桶放他脑袋边。

他还没说完，他说得痛哭流涕。

他说："我找了好多女孩子、好多女孩子、好多女孩子……她们都对我很好，我对她们都很好，可我就是没办法和她们结婚，我就是没办法和她们结婚，呜呜呜……"他说醉话的时候很流利很顺畅，他哭起来。木星什么话都没说，只反复抚摸他的脸。

然后他就翻身呕吐起来，然后昏昏沉睡。木星守候着，确信他不会再呕吐，不会再情绪激动，拿来毛毯盖在他身上，反锁门，离开。

6『一定等我』

木星离开阿水的住所，却一点也不困。熬夜过头了，就不困了。不知道为什么，经过一夜的折腾，按道理应该很疲倦，但是木星觉得自己精神很好。

她沿着城市的街道走着，风吹着她的头发和风衣，让人惬意，似乎连毛孔都是通透的。天也蒙蒙亮了，她直接去了公司。她是第一个抵达公司的，考勤打卡机上，显示她最早。

她整理了一下格子间，顺便清理了一下公司的门口。然后，她把工作计划，写在了本子上。她坐在椅子上，闭上眼睛，也许是很久很久，但其实，不过是15分钟，等到她睁开，面前是一份早餐。

早餐后面，是一张面孔，熟悉的。

“阿水。”她唤他的名字。

“木星。”他也唤她的名字，然后他似乎有点不好意思，说：“昨天失态了，麻烦你了。你先做事吧！我中午等你吃饭，我走了。”

他只穿了衬衫，手臂上搭着西装。走出两步，他忽然转头，笑了，说：“一定要来，我准备了礼物。”

他的语音是有重点的，落在最后两个字上。

木星会意了，她微笑一下，说：“好，一定等我。”

7『越走越透明』

木星仍然上班工作，她的手指，与过去不一样了。多了一枚戒指，并不很大，却有最温暖的光芒。

因为它携带着感情，以及婚姻的承诺。

人生越走越透明，她终于学会了体悟。当木星被阿水的一句话给弄哭了的时候，她朦胧意识到了什么。

当木星看见阿水大哭的时候，她终于明白了这一点。

阿水也是悲伤的。

所有那些以为自己不过是游戏感情，满足对女孩的简单需要的男人，都刻意遗忘了他们曾经的悲伤，年少的悲伤。

男人觉得自己是强大的，不为情左右，很快与新的女孩交往周旋，用新的遭遇覆盖记忆。那些悲伤其实一直都在，并不因为年岁与神经粗糙而消失。

失去了初恋女友的悲伤，一直都沉甸甸存在。这么多年来，阿水把这悲伤压抑着，压到最深的潜意识里。然后用找别的女孩来转移，用与一个又一个女孩的分手转移。

他怕最后失去，干脆先放手。

直到遇见旧日情敌，他终于想起了那悲伤，他痛苦不已。在世上活了30多年，成年以后，作为一个男人他第一次这样大哭。让悲伤完结，我们才可以解开心结，认真去接受另外一个人。

谁此刻
在世界上某处笑

在Z大能让女生肚子疼的，除了“大姨妈”还有王宇。

王宇擅长在众目睽睽下表演话剧，台上男生A说：“给大爷笑一个。”

“您要什么笑？”

男生A就点起菜单，奸笑、淫笑、傻笑、呆笑、狂笑、偷笑、色迷迷的笑、神经病的笑，还有含情脉脉的笑。开学第一天，在目睹了新生欢迎演出会场上的王宇之后，马蒲同学光荣地加入了“肚子疼后援会”。实在没办法在看到这个男生后，保持“肚子”心平气和不惊不扰。这表演，可真是一门深奥的学问。

所以在事后出了学生礼堂，在黑乎乎的礼堂后面的花圃走道上，马蒲没有吝啬对王宇的表扬：“王，王，你叫王什么宇?你也太好笑了吧！

我肚子都要爆炸了。进了医院你得付医药费啊！你真牛！”

他说：“您过奖了，谢谢，谢谢！”低头哈腰带赔笑，挺像个瘪三。站他对面的人都容易心头涌出一个爽字，跟当了大爷似的。

她说：“其实你挺会表演的。”

1『全世界的通行证』

后来马蒲看了周星驰的《长江七号》。看了那只可怜的七仔表演完“开心”“伤心”“生气”“考了100分”“看到美女”“中了彩票”“家里着火”“全家死光”，电路错乱“七窍生烟”然后面瘫，立刻觉得太眼熟了。

马蒲问坐在左边不停摸着她小手的王宇：“你说你那几招是不是跟人家星爷学的啊？”王宇说：“哪跟哪啊，谁抄谁呢，咱们大家都是跟斯坦尼斯拉夫斯基同学学的。”

斯坦尼斯拉夫斯基？是什么？好吃吗？马蒲完全搞不懂，不过她可以不懂装懂。“是嘛！那你们俩究竟谁算正宗的？”

“都算吧。”王宇说。

没错。马蒲同学成了王宇同学的女朋友，就在开学新生会表演过了一个星期后。能让女生开心的男生本来就占据强大的优势，何况是王宇这种超级笑料库。

有了这样的男朋友，马蒲就更加享受点单的快乐。约了一起出门，见面的时候喊一声：“看见美女。”王宇立马配合两眼瞪大流哈喇子。赞美是全世界的通行证，马蒲觉得自己就是春天里的花仙子。

她心甘情愿跟他住到一起，跑学校外租了个丁点大的地方。将来要是嫁了他，没准儿开心一辈子。他愿意逗她笑，这多好。

马蒲希望快点大学毕业。

2『捡到宝贝了』

大一之后的日子，任何有名义没名义的聚会，马蒲都携带家属，显耀地嚣张一下。生日聚会上，更加是必点“佳肴”。来了太多太多的人，因为马蒲放话了，多带人，多热闹。然后，马蒲说：“想看表演不。”

“想。”雷声虎吼。

“那让我们家小王宇来一段。”大伙东倒西歪的时候，马蒲亲一口王宇的脸。“看，我男朋友可乖啦！天生就该吃表演饭。”就有同学一边赞同：“怎么就没去考北京电影学院呢！”

“没去，我爷爷不答应。他老人家小时候是说相声的，老人家反对我学这个。其实我很想当一个真正的演员。不过，能够追到马蒲我就学有所值啦。”王宇转身很认真地真情告白，“马蒲，你是我寒风中的巧克力，你是我秋天的蜜糖……”

“嗨，一点也不好笑。”马蒲截断了他。

王宇就愣了一下，有点难堪。气氛要僵未僵的刹那，有人哈哈发笑，大家一哄而笑，然后继续唱歌的唱歌，喝酒的喝酒，呕吐的出去呕吐，吃爆米花的一枚枚丢个不停。

马蒲自己也觉得自己有点喝多了，表现得不像一个合格的女朋友，凑到王宇脸前，“对不起啦，亲一下。”

王宇就笑了，又露出那副您是大爷开心就好的笑。

然后他说：“我出去透个气，这些人抽烟抽的太可恶了。”

真的，王宇是个好男孩，马蒲觉得她确实是捡到宝贝了。马蒲提醒自己以后要注意呵护点，宝贝都是需要爱惜的。但是她在连接喝了几杯酒后兴奋过度了，拉着要好的女伴卖力对唱起来。

王宇就去透气了。

那是个很多人，过生日都会去的K歌圣地。但在这圣地的某个过道空隙，安置的窗户能够看见夜空。半开的窗吹进来干净的空气，以及沉默无比的繁星夜空。隐约还有人唱的歌：“看灯火模仿，坠落的星光。”

然后，背后有人问他：“你不舒服么？”

“还好。”

“我们合个影吧！你真可爱。”

“还好吧！他回答。”

3『轻狂与炫耀』

这个女生她见过，马蒲想了很久，终于想起来。在那个夜晚的迷雾里，在喧嚣笑闹里，在刹那的尴尬之前，是有过一个人。这个人抽着烟，带头哈哈笑起来，然后化解了不好的气氛。那是一个女生，她却不认识她。是啊，年轻人的聚会总是老朋友带上新朋友。

那是看起来漂亮，打扮入时的女生。

第二次见面，是在王宇的手机里。她去表演团常常排练的教室，他们说：“王宇呀，最近都没来了，大概大三了，忙学习了。”她去王宇院系问同学，同学说“有些日子没看见他人了，大概翘课了吧！”她去他宿舍，越过门口管理员的盘查，进了他宿舍。唯有宿舍同学说：“哦，才回来，又去洗手间了。”

他们认识她，知道她是他的女朋友。

这样的空隙，她翻了他的手机，没有人拦她。女生要看男朋友的手机，谁会多事呢？马蒲想起来手机里的女生的来历，胸口里有一只充满热空气的气球。世界上每天都有人被爱上，或者爱上。在大学这种地方，频率就更加高了，高到就像她当初只是看过一场他的表演，也会心动。

她放下手机，很平静很平静的样子，等到王宇回来。她很甜地笑，说：“晚上我做东西吃好不好？”

王宇说：“好呀！”他的样子很认真，口气很清淡。她觉得有点别扭。平时的王宇在同学面前原来没有舞台上那么好笑。

她挽起他的手，很乖巧的样子，因为她还想挽回。

不知不觉小小的一点缝隙，就有外来的风吹进彼此之间。她不该轻狂与炫耀的。她是欣赏他的，只是变成恋人就轻慢了。

4『下一次会是硫酸么』

2008年主修经济但最终当了电视台外包公司职员的马蒲，依然会下意识放下遥控器。电视里说全球经济形势严峻，一切根源就是美国当时的次贷危机不断扩大。本来只有一点债务的山姆大叔们，被华尔街的“聪明人”包装转手买卖，日益放大。

人真是奇怪。

有一点机会或线索，就穷追不舍，就变本加厉。

不管是爱情，还是金钱。

这已经是冬天了。怎么过冬？是面临着裁员警告的职员们无限牵挂的话题。小道消息已经私下飞舞，没有人笑得出来。今年的冬季并不比过去的年月寒冷，只是内心的抑郁寒冷无形无影。马蒲也憋着惶恐，喝着热咖啡。她才毕业一年，过冬积蓄更加不够。这么大的人了，难道又要伸手问父母要钱么？

有男朋友依靠就好了。但是，现在没有了。也没有人能够让她笑到肚子疼了。

有年秋天，她挽着王宇的手慢慢走，走出了他的宿舍。她说：“开心！看见美女!家里失火?中了彩票……”

他表演给她看。

这一次，她没笑出来。以前她丝毫不计较他表演给任何人看，现在不同了。她在想：“是不是，他也为那个女生表演过？”

她决定直接一点：“你还喜欢我么？”

他张口。迟疑了一下。

“算了，你别说了，我们分手吧！”她像全世界最羞愧的逃兵，简直是一路狂奔。

不过，晚上她就接到他的电话了。电话里他说：“当然，我一直喜欢你的啊。喜欢你在我结束表演后还来找我和夸奖我。我，没有喜欢别人。”

马蒲就哭了：“说，对不起啊，对不起。”

“有什么好对不起的呢！爱一个能够带给自己快乐的人，一点错也没有。一点点疏忽和轻慢是完全应该原谅的。”

“那，我们和好吧！”他说。

没多久，她就在回学校的路上看见几张似笑非笑的脸，捏着明晃晃刀子的男生。自己被围堵到暗处的时候，马蒲觉得心里一点也不慌。这感觉很奇妙，太奇妙了，奇妙得很不正常。

她有强烈的念头，那就是王宇会像所有英雄救美的故事那样夸张地出现。虽然他只是一个爱好表情扮演的非正式演员。

一声大喝："放开她！"那身影分外高大，吓退来犯者。临走，几个男生恶狠狠威胁："离开王宇。"

她忽然明白了。按照道理和概率，实在不该在这个路线和这个时间段出现这样的抢劫犯。只是，另外一个女孩被嫉妒烧昏头了。

值得爱的人，她不爱惜，就有人看不惯和不平衡。

马蒲说："谢谢。"无比失望地。她的感觉很不靠谱，救她的，实在只是一个平凡的路人，一个高大的中年大叔。大叔说："小姑娘，以后小心点啊！遇见坏人怎么都不记得喊救命啊！"

失望之后，是莫大的后怕。幻想敌不过现实。

马蒲终于得知到，那女生背景有点不简单了，带些黑色。疯狂之人，是无法按常理揣度的。

下一次会是硫酸么！马蒲摸摸自己的脸。

5『失去了联系，还有想象』

毕业后，马蒲逃得很远。逃的办法太多，沉默的消失也是一种。是很喜欢的，是能够带来快乐的人，但在与威胁恐惧比较时，她只是胆怯的小女孩。

他们在一起幸福吗？失去了联系，还有想象，马蒲想象着。还是说，那女生也喜新厌旧放开他了，然后他找了个其他的不错的女生。这也好，幸福就好。还求什么呢！或者一开始她就没去找他，没去欣赏他，今天说不定自己嫁了别的男生，带着孩子在家做功课。但现在，此刻，她对别的男生没办法动心。任何的不开心涌出，就会一遍又一遍回想王宇那张表情丰富的脸。

迎来新年的前一天，天越来越阴冷。天气预报说最近几天该下雪了。马蒲心想，这天气肯定到黄昏就要下雪了。希望不要太大，之前那铺天盖地的可怕的雪灾大家都领教过了。

办公室的女生说：“这鬼天气也太冷了，不如回北方。南方连暖气都没有。我们北方一到冬天都有城市供暖，整个房子舒服温暖得要死。”

“是啊，电费那么贵，空调不舍得开。在办公室里都不舍得出门。以后还会不会待下去，谁都不知道。”直到很晚，马蒲才磨磨蹭蹭开电梯，出了写字楼。

电话没换，手机也一直没换。很想念，很想念。他再也不联系她了。

雪降落得突如其来。那是累积许久的冷空气撞击上了潮湿的南方云水。街道上的所有人都沉默着，形影匆匆。节日已至。

想念到，无法接受和相信。

无处可去。

她买了一束花，进了一家西餐厅，说：“我要牛排。”

刀叉齐备，汤匙纯良明亮，服务生温柔等待在两旁。她举起勺子，仿若镜子，看见里面出现熟悉的面孔，做出千奇百怪的笑容表情。最后她哈哈大笑起来，把勺子抱在胸口，那么开心。

王宇终于在暗处出现，他手里捏着一把明晃晃的东西，赶跑了他们。在他听到消息，那个背景不良表面单纯的女生，暴力威胁马蒲时，他当时正在学校餐厅等着马蒲一起吃饭。

所以他抓起勺子奔跑而出。

那是一把圆头勺子。持刀者，刺了持勺者，但却纷纷落跑了。他们伤了人。

没有所谓的路见不平的中年大叔那一段，因此也没有此后的想象了。她想起奥地利诗人里尔克的两句诗："此刻有谁在世上某处哭，无缘无故在世上哭，在哭我。此刻有谁在世上某处走，无缘无故在世上走，走向我。"

她可以相信，他到天堂表演了，真的。

到时候见。

豌豆穿过少年的胸膛

『1』

1999年世界上发生了许多事，其中一件是，港片散尽最后的荣光与硝烟，在亚洲市场开始全面衰退。

那个夜晚余恒丢掉最后一个烟屁的时候，我已经在墙壁角落再拐弯的地方站了一个多小时，我的腿酸麻得要命。余恒转过头的时候，用的是一口本地方言："你这个姑娘呀，看什么看？"他的额头还在流血。

四零八落的烧烤小摊都没人收拾，地上啤酒瓶子的碎片幽幽闪光。余恒走过来，手臂搭在我的肩膀上，他说："我注意你很久了，你在这里看了蛮久，你喜欢看我吧？"

我说是，我的腿其实在打颤，我的手也在打颤，甚至我的眼球都在打颤，原来一个人惊恐的时候眼球都是会微微震动的。

他说：“做我马子吧！”他身上很脏，沾了小火锅里浑浊的红油，甚至还有菜叶贴在胸口。我递给他一袋干豌豆，这样的余恒仍然没有忘记要酷，仰头丢一粒到嘴巴里，咀嚼得咯嘣脆响。

我居然笑了，我说：“好啊。”

每个港片里的古惑仔，都有一个漂亮斯文的马子。最庸俗的搭配曾经是最暴力的美学。

看着港片里的古惑系列长大的青少年很多很多，盗版片肆虐过多少年轻的心，已经无人能知。我只知道，余恒是其中一个，是小镇上典型的一个。

『2』

余恒对我很好。我要他背我，他背着我爬学校最高的楼。我对他，几乎是想把心脏取出呈现给他的好。

我清洗他最脏的衣服，上面充满了呕吐物。从家里做好饭菜带给他吃，温柔地照顾他。他带着我见他的小兄弟，充满了骄傲。因为我是唯一一个本身并非混混阿飞，却跟着一个混混男生的女生。我的成绩很好，余恒是知道的。我的名字常常出现在学校教学楼前的红榜上，红色的粗纸，用毛笔写上黑黑的名字，是一个小镇学生所能够得到的最高荣耀。

后来，高三的一年很快就过去了，我考上了一所一类大学。我变成大学生的那一天，余恒闷闷不乐了一天。我的母亲很高兴，甚至喝了白酒，喝醉了开始胡言乱语，冲着屋子叫骂：“刘一前你个王八蛋，你不要我们母女了，你个渣子……”

我和余恒仍然在一起。他来大学所在的城市里游荡，他总有办法弄点钱花，他租了一间小房间，我和他同居了。我从来不提任何要求，我不说："余恒你该找点正经事情做了。"我也不说："余恒你也不小了，有没什么打算？"我更加没有说将来我们要如何。余恒自己改变了，他主动找了份差事，给一个学校附近腐败一条街的出租影碟的小老板看守铺子。

『3』

他改变了许多。唯一不变的是，他变本加厉看很多的片子，他说话很少了。那些老家跟他打成一片，开心得没边际的小兄弟，纷纷转换了人生，没了联系，修理摩托车，或者到南方打工，或者……总之要赚钱娶媳妇生孩子过日子。他大概觉得寂寞了。

他仍然抽烟，只是有时候，忽然就目光茫然，手指哆嗦。烟灰掉到地上，我拿抹布擦掉。我也从不指责他这一点。

他越发沉默了，下巴有了黑色的小胡子。抱住我的时候，他会说："雅雅，你对我真好！"

我会闭上眼睛，发出一声安逸的叹息，我像是洪水滔天前登上了诺亚方舟。

母亲勤快地给我打电话，要求我讲述大学的生活。最后结束话头，她会重复那一段话："幸好你一点都不像你爸，你遗传了我的脑子，读书聪明。你爸被不知道哪个山沟的野女人骗走了，说不定都被吃了。"我唯唯诺诺，这样天方夜谭的话，谁会相信？

『4』

我听了十年关于父亲的坏话，母亲永无止境地叙述：“那个杀千刀黑了心死了魂魄的男人丢下你和我，跟另外一个女人跑掉了。他根本就是个混混流氓，我当初怎么瞎眼了，怎么看上他了。”

母亲最高的学历是高中毕业，是她的年代里甚高的学历。然后她嫁给了父亲，在我三岁的时候父亲就消失了。就像是在任何一个早上去买豆浆油条一样，拿着钱包就出门了，再也没有回来，是生是死毫无音信。我那个时候常常翻看中国地图，中国那么大，他究竟藏在哪个角落，如果被我找回来，我一定要帮母亲报仇，狠狠地报仇，拿所有东西丢他、砸他、骂他、惩罚他。

我没能够帮母亲报仇。

余恒白天出租影碟给大学生，黄昏把钱交给老板，然后回家。他会带几张光碟，我就蜷缩在他怀里，一起盯着二手彩电的屏幕闪闪发光讲述悲欢离合。他还是看很多港片，他对演员、导演和剧情滚瓜烂熟，几乎不看都可以跟我复述。他从一个退学的少年，变成了一个说话深刻起来的青年。也许电影比任何大学教授都还要渊博，因为那里面讲的都是人生。我说：“说不定有一天，你可以去当个导演了，就像伍迪·艾伦。”

他没有说话，只是把我抱得更紧，额头似乎有晶莹的汗。

我从不带他见我的同学或朋友。

『5』

大二的寒假我没有回老家。我买了电脑，他舍弃了老式DVD机。那个晚上，他在看杨德昌系列。半夜，我被他推醒了，他说："打死人了，杀人了。"我翻身说："你看片子看入迷了吧！"

他没有说话，只是推开房门，蹲在小阳台上抽烟。我又入睡了，我隐约听见有人在哭，我做梦了，梦见了父亲和从前。

从前我坐在高中的操场上发呆，昏昏欲睡。有个成熟而有磁性的声音在说："17岁零364天仍然属于未成年。"

我们都坐在大操场上，主管学校纪律的副校长在讲台上给全校学生开法律普及大会。他说没有满18岁就不是成年人，即使只差一天，仍然不是。少年犯仍然要被法律保护。台下听得昏昏欲睡，我看着天空眼睛发困，最终闭眼昏睡了。后来我被惊醒了，因为有人哄笑。我听见我旁边的男生说："那我要是想杀人了，就赶在18岁前去杀，这样就不会被判死刑。"

隔得太远，副校长的耳朵再尖也听不见最后几排位置上的嘀咕。我想副校长要是听见他的讲座最后得出这样的启发，一定会恶狠狠地拍打这个男生的头，就像是拍打刚刚出生的婴儿让他哭泣。

我并不知道我会喜欢上一个坏男人，但我注定了要去找个坏男人。

因为父亲没有回来过。

『6』

余恒说，他最近一年常常做噩梦，很奇怪，以前从来没去想的事情，都想起来，历历在目。他使用了成语，他电影看太多了。

他说："你不相信？我记得我打死了一个男孩。一群人混乱斗殴。"

我说："你把电影里的情节和记忆混淆了。"他却说："人长大了，真的什么都变了。如果当时我也被混杂里打死了该多好。”

我无语。

他又问我：“你真的喜欢我吗？你当时怎么会在角落一直看着我？”

我回答：“恩，我是在等你。”

这算什么回答？我没有去看他眼里明显的失望。

余恒忽然问：“你一直都在偷窥我吧？从17岁开始？”

“是的。”

谎言无所遁形。

我问余恒：“当时你多大？”

他说他当时18岁。我想起了副校长的话，我说：“告诉我你的出生年月日，一定要准确到日。”余恒说：“我不记得了，小时候我填资料档案什么的，都是乱填，有时候是1981年6月21日，有时候是1981年9月5日。”我说：“打电话回去问你爷爷查家里的户口簿。”

他没有父母，只有爷爷。第二天，余恒的爷爷回复他时，是我接的电话。

计算出来了，6月21日,那个可怜的男孩死难时，余恒还差3天18岁。

我的眼睛亮了，我告诉他，用我所知道的仅有的法律知识。“17岁364天都不该死，法律是算公历周岁的。”我说：“你去自首吧！我会等你的。”

余恒看着我许久，这个只知道看枪战港片，迷恋英雄本色的少年，现在看着我，像一个男人。不，不是像，他已经长大了，成为一个真正的男人。

是我，把一个没心没肺、盲动无知的少年教会了爱，教成一个终于感知到一点点幸福，然后上瘾的男人。但是，他过去的罪孽仍然是罪孽。

『7』

被抓捕归案那天，余恒低着头扑簌簌地颤抖。我看不见他的脸，不知道他有没有哭。他的牙齿发出“咯嘣”声，像在咀嚼豌豆。

他没有豌豆在口袋里，他的手插在口袋里，却被旁边的法警拉出来了。他又放进去，法警再度拉出来。手放在口袋里太不像样，拿出来才够俯首认罪的样子。

暗夜里我听见这个当年以勇猛姿态闯进我视野的男人，在警车里，发出尖叫，像被屠杀之后抢夺了象牙的痛叫。2002年的秋天，他被枪毙了。陈年案子清查，家属追讨公道。余恒的户口簿上，已够年纪，18岁零2天。是我听错，还是爷爷口齿不清，只有上帝知道。

宣判后的三个月，一颗形同豌豆大小的子弹从他的心脏经过。风筝打断了线，带他离开人世，消弭一切罪恶。

据说舔到了生与爱的甜美甘醇的人，对生有最大的眷念，对死有最大的畏惧。

就连母亲都不知道，我和余恒在一起两年。我和一个杀人犯相互偎依，甘之如饴。

在他要我做他马子的那一刻，我听见他“咯嘣咯嘣”嚼豌豆的声音，那么像三岁前残留的记忆里的父亲。父亲喝着啤酒，吃一粒，拍拍我的脑袋，说：“丫头没牙齿，吃不了，爸爸给你留着。”

他们都是永不回来的人。

忘记一个人的第三种方法

关奥这么好为人师，即便是苏孟李用热油烈火专项整治一条鲫鱼，他也谆谆教诲他说：“猫，忘记一个人有三种办法，现在我教你好不好？”

苏孟李迷恋鱼、热爱鱼、烹饪鱼、食用鱼，并且孜孜不倦追求更多花样的鱼制品。

网上有个单身女生成天和老妈住一起，养了一只母猫。叫花椒的母猫睿智又小性子。苏孟李觉得自己就是花椒，花椒就是她，做只这样的猫再幸福不过。她每个晚上必须阅读《花椒日记》才能入睡。

单身女生不断给母猫代笔写日记。苏孟李成为忠实粉丝，猫我合一。

扯多了。

总之喜欢当别人师傅的关奥和爱鱼如梦并且常常偷看她人日记的苏孟李，住得亲密。

左右墙壁。她喊他来吃顿晚饭，他顺便交代白天的约会。他给她泡咖啡，随便开讲，啰嗦得超过以前凤凰卫视上李敖那个老头子。

“忘记一个人的第一种方法：你死了。死了就屁也不记得了，管是什么人什么事，都见了上帝。”

“忘记一个人的第二种方法：那个人死掉了。人都没了，记得个屁，你将永远只是怀念空洞记忆。”

苏孟李打断了关奥：“我从山中来，带来兰花草。种在小园中，期望花开早。”

1『万里长江上』

《花椒日记》写到一章说母猫花椒到了发情期。再崇高的猫，到了发情期，也会疯狂叫春。不单叫春还爬到树上与其他猫公子们声声呼应。所以此时此刻，春天，叫春的猫，上树。连起来不就是春上春树?

苏孟李看得眼泪笑飙。

2008年3月，关奥打开门说：“我出去一下，散散心。”

苏孟李说：“晚点回来，今天我也要春天了。”

关奥笑一笑说：“可以。”

不是偶然同居，是刻意同居。是毕业后的男女同学分摊房钱然后各自尊重，别干涉。

苏孟李在晚上12点洗澡洗头发时，客厅的灯开着。留光给跌跌撞撞可能买醉的男子。她哼着陈奕迅的拉阔演唱版《兰花草》，打开电脑看《花椒日记》有没有更新，然后入睡。她就想关奥只是出去走走。

但是直到凌晨3点关奥还没回来。

让房间安静过了头。苏孟李弹弓一样从床上跳起来，很努力地回想最近几天关奥的各种反常。不就是忘不了。但是这年轻男人说有三种办法，听到的两种概括下来就是“你死我活”“我死你活”。

苏孟李给他电话，电话那头有澎湃海潮的呻吟，还有关奥喝多了七情失控的呻吟哭音。

“告诉我你现在在哪里？”她问。

“我在万里长江上，我想跳下去。”他的回答这么悲怆，但苏孟李觉得想自杀的人能够宣告得这么豪迈的人。多半……还是跳不下去的。长江就长江吧，还万里。

2『理由牵强』

三个月后，关奥在微信上发送了许多东南亚国家的美丽照片。看他恢复得良好，苏孟李继续喝胖头鱼汤。自杀未遂的情圣不算情圣，做情圣太辛苦。

苏孟李继续在一家保健品公司上班。每天考虑怎么把一种减肥茶策划出高明的说辞。市面上有成百上千的减肥茶，无非是用决明子、绞股蓝、荷叶梗，然后添加盐酸西部布曲明或者泻药成分。都是骗钱的。

世界上干违心活的不止苏孟李。

每个月800元房租，700元饭钱，800元置装和胭脂花粉钱，都靠瞎掰的清肠刮油脂的特效吹嘘。

同样是毕业于中文系，在《生活报》的关奥还可以利用工作便利出国旅游，说不定还有艳遇。自己只能够咬水芯笔，构思下一季的新鲜说辞。

关奥问：“猫，要带什么礼物？”

苏孟李说：“奥，我要人民币、美金、英镑和欧元。”

关奥苦恼：“猫，这边只有日元、越南盾、泰铢，以及林吉特。”

苏孟李说：“奥，那算了，别的统统不稀罕。”

关奥闷闷地下线了。

他的名字就是语气词，用起来得心应手。苏孟李趴在桌子上，觉得房间里静悄悄，格外寂寞。有个人男人到底是不一样的，即便这男人不是男朋友。

男朋友问她为什么不能过夜，她说她得尊重别人。租友之约说了，谁都不要留宿异性，以防半夜去卫生间，以免因惊吓发生意外。理由牵强得有点让人生疑。

3『我担心』

那年夏天毕业后他们就一直住一起，搬家也一起，但是这一次，没法再兼顾了。关奥回来后就说，有另外一家报社挖他，欣赏他把小报栏目也做得很有嚼头，像是大酒店的大餐。挖人的报社在另外城市。

苏孟李问：“还是因为哈尼？”

哈尼是关奥大学的女朋友，毕业之后，哈尼就离开了关奥。

但是，一个忘记不了初恋的男人，找了新的女朋友，也仍然忘不了。

既然忘不了，别的女人都不是傻子，动用一下直觉就敏锐感觉到了。然后，分手啊！还能怎么样。

即使他在长江边上徘徊了三个小时。也没有人会感动。因为哈尼看不见也听不到。听得到看得见的，是现任女友和房屋合租女。

关奥说：“我担心。”

“担心什么？”

“我大概爱无能了。我再也不能够全心爱一个女生的，忘不了哈尼。”

“爱无能又不是性无能。”孟李嘀咕，然后帮他清理要搬家的物品。其实没什么东西，无非有些电影光碟、小说、衣服和小家具。

在最后要上车时，孟李说：“奥，再见。”

他说：“猫，你要好好照顾你自己。可别被男人骗了。”

孟李说：“骗得了人，骗不了心。别煽情了，快滚吧。发财了记得带点兑换率高的货币。”

4『抱着死死的』

他后来说，吃不了她做的鱼，很可惜啊。

这有什么，世界上还有很多厨师做鱼。

他在新单位如鱼得水。

叫哈尼的女生后来和别人结婚了。她想，是不是没得到，所以他念念不忘。

再后来，他说他开始跑文化线，高端访问各路名人。他忙到吐血，MSN上始终静止。

新房客是个女生，说好了不要带男朋友回来过夜。但屡教不改，染黄头发的年轻男生半夜而来，白天在客厅吃东西乱丢东西。

孟李不得不半夜反锁房门。

在孟李打算把新合租的女生赶走的时候，那女生一进门，大哭起来，抱住她，说：“我失恋了。”

苏孟李愣一下，想挣扎掉，被女生抱着死死的。没辙。

突然，苏孟李尖叫一声，号啕大哭，比那女生还要厉害十倍，哭得死去活来。反而吓到那女生，以为遇见了疯子，收拾东西主动说要搬地方。

5『立刻出发，立刻！』

2008年的中国发生了很多事情。雪灾、地震，但还有一件快乐的事——奥运。大喜大悲。欢乐和哀伤总是交替。

他给她打电话，说："猫，好想吃你做的鱼。生命真脆弱。"

她说："我喜欢你，我给你做一辈子好不好。"

他说："好。"

6月的时候，他从地震灾区回来。回来的晚上，他给她打了电话。他说他大脑完全无法休息，彻夜失眠，满眼惨烈景象，内心充满恐慌。她心脏浮痛，为他。

电话的主题最终就这样确立下来。苏孟李第二天辞职，理由很直白，我向我暗恋了多年的男生求婚了，他答应了。一场地震，2分钟人就消失了那么多。生命太脆弱，我不想后悔一辈子。

公司的经理啼笑皆非。地震之后，人都变了。亿万人直接间接地被改变了。但是经理签字，发给她当月工钱时仍然说："祝你幸福。"总之，她带着不多的储蓄，立刻出发。立刻。

在飞机上，看见许多的云，慢慢漂浮过去。

也许她会一直得不到他，就这样纠结着忘记，如何忘记。

直到各自老掉死掉。你死了，死了就屁也不记得了。管是什么人什么事，都见了上帝。

或者那个人死掉了。人都没了，记得个屁，你将永远只是怀念空洞记忆。

但不能够这样了。

因为不想这样啊。

6『要顽强生活和爱』

她住在他的地方。给他做鱼汤，做米饭，买大批食物。清洗房间，打开门窗通风。买喜剧光碟，买各种漫画，买各种轻松好玩的。化解悲伤需要快乐。

她仍然常常去看《花椒日记》，最近的消息是日记签约准备出书了。

他在慢慢康复，心理的。享受她的照顾，心安理得。他回到单位继续勤奋工作，日子仍然要顽强过下去。大灾难发生后，过去的同学纷纷冒出来汇报交流近况。最初的哈尼和她的爱人，安好，过着日子。为什么他和她，不能让自己幸福？

现在一切改变了。人类就是人类，终归都要向上帝报道。

生命珍稀，要顽强生活和爱。

他原本就知道，知道昵称为猫的女生一直喜欢着自己。他不过是自私又有点胆怯的普通男人。

不拒绝对他的爱，不接受爱他的人。

忘记一个人有三种方法。

忘记一个人的第三种方法，他本来没想到，现在有了。

顽强活着，接受另外的爱。

未来礼物

1『环绕』

宁崇没有问，这样走下去最终会走出多远的距离。

她一直在绕圈，从开始的地方开始，回到结束的地方结束。呼吸生成的白色气体瞬间清晰，又刹那消逝。

操场呈现出奇怪的色调，四周建筑因为视线的虚化，皆为灰色。半晦半明之中，走在她前方的人，没有停下来，她跟在那个人的后面，一直走下去。

如果世界可以被缩小，被定义为中学时代的环行操场，循环无尽，那么无论路程多么漫长，回转过身来，稍微凝望便会看见你所愿意看见的人。或者有任何一方停歇下来，也会与之碰面。但如果人生的意义建立在另外一个人身上，失望占据多数。

趋向黑夜的时刻，纯粹的白，慢慢地落下来，宁崇抬起颈脖，首先是额头，其次是眼眸，再次是鼻端，最后是整个面部。

有些太轻的雪花不会有落定地面的机会，反而会被风吹起来，随遇而融。一口寒冷的空气呼吸进肺部，温差刺激，宁崇剧烈咳嗽。

那人终于回过头，那双眼睛在雪白的雪中，黑漆漆不见底。

“你干吗一直跟着我？你是谁？”年轻的男生直视宁崇提出疑问。

宁崇笑了，不知道如何回答。

2『一个猜测』

宁崇伸出手，很想喝水，偏偏触摸不到。在那么虚弱的一刻，她忍不住怀疑，即便触摸到了那只透明的玻璃水杯，自己的手指也会径直穿透过去，因为她已经极度缺水，死在了这间市区中心交通发达的公寓楼的8楼11号。肉身开始崩坏腐朽，有一个执着于一口水的怨灵，缠绵不休，作伸手拿杯子状，反复上演悲剧。

当然这只是想象的悲剧。好吧！再过一天，想象也会成为现实，宁崇在极度的意识昏沉中再度睡去。

人体有自己的自愈机制。

也许又过去了几个小时，再度醒来，似乎多多少少有一丝眷念旧体的气力返回来了。

用了十分钟的时间，坐起身，靠近饮水机，又用了五分钟，倒热水、冷水，混合平均温度，喝水。几乎可以听见身体的所有血脉发出叹息，那是得到拯救的感慨。

人，傲慢又卑微。一分钟可以做完全套动作的时候，强健坚定。一场感冒便被打回原形。病后初愈有一种超凡出世的神清气爽，再世为人了一般。

的确再世为人。

那么决不能再像从前一样。从前，她只需张口，自然可以使唤人服务，比如前任。从前，她时时刻刻密切留意对方一举一动，仿佛连体怪婴。

宁崇一个人用了半个小时，给自己煮了粥。她想起不远处的街道有家店叫“包粥婆”，想起电影情节，想起那声深情无比的呼唤，宁崇只好把自己逗笑了。哦，会笑了，又痊愈了一成。晶莹的米，纯净的水，蔚蓝的火，碧青的葱，小口小口喝，咀嚼完米粒，就出了一身汗，鼻塞通彻。

第二天，看一眼洗手间镜子，镜子里的自己化妆细致，自然大方，还增加了一点消瘦后的美感。衣着收拾得体，足够出门见人。

回到公司，回到格子间继续上班，同事这种“生物”，其实也是几天不见，反倒融洽一点，相互打个招呼。平时各自冷漠，不问死活。但也许根本是假象，私底下无限八卦，满腹恶言。

有什么关系呢！恶言不去理会，自然尘埃一般散开。

下班以后，喂饱自己，宁崇坐在房间里发呆。发呆这种事情不需要努力，走神就可以了。天气不好，不是阴天就是小到中雨，不适合出门，不适合逛街，不适合聚会。

她忍不住咳嗽起来，这是生病了一场，身体被折腾过后，还需要加以休养的明证。宁崇坐在小公寓的飘窗上，很突然地醒悟了。

她看见了一件很平常的事情，这件平常的事情，让她触类旁通了。

触类旁通以后，她穿好大衣，“全副武装”做好保暖工作，围巾、线帽、靴子，然后她跑到路口。也就是平时她出门必经，购物必经的十字路口。站在路口绿化带的枇杷树下，三百六十度转了一圈，稀疏行人，难以辨别。

动用记忆，宁崇努力地回忆看过的画面，以及画面的角度。最终她望向一栋楼房。并不远，很便捷。

宁崇愣了，因为她居然猜对了。

3『年纪比你大』

如今追女孩子还有什么新鲜的招数？办公室的午餐时间，女职员三三两两在凑头八卦。据说有个外国男孩子，在他喜欢的女孩子每天必经的路上，做了一次很科技、很现代的表白。约那个女孩子在晚上8点出现在过街天桥上，天桥对面呢，是一栋大楼。这个男生用他的电脑啊什么的本事，控制了大楼的日光灯。

哦，宁崇当然也就很明白，每门每户的日光灯组合成一块电子屏，可以显示任何话。她们在感叹“哦哦哦，浪漫死了”！

但浪漫不能当饭吃，更不能当粥喝。宁崇低头，吃自制的便当，西兰花翠绿无比，虾仁鲜红挑动食欲，少量米饭控制卡路里。晚上还有一顿大餐！她有人约。

约她的人，似乎起初与她相遇在公交车上。

那天，正是下班返家的高峰，一路堵车。宁崇觉得自己几乎要晕了——饿的。全车焦虑痛苦的乘客，忽然齐齐发出哄笑。宁崇也听到了，响亮而明显的胃鸣，与路人甲乙丙丁没关系，就来自她自己的肚子。如果是从前，大概会气急败坏地哭出来吧！但现在不是从前，宁崇多多少少脸红了，但脸红的同时，她自嘲地笑了，她说：“要是表演的好，大家给点掌声吧！”

掌声如雷，平凡的星斗市民，为生活奔波往返，煎熬于公车苦苦等候上，些微乐趣，片刻忘忧了。

笑声里，有人递给宁崇一袋白面包。宁崇看了这个人一眼，年轻，西装配了牛仔裤，嘴巴上也挂着笑。宁崇说了声谢谢。

下车后，他尾随，宁崇不去理睬。随后这个男人干脆追赶上来，并肩而行。他说："我叫方大信"。这个名字很耳熟，宁崇想了一想准备说的话，却被这个年轻男人抢先了。

"我知道你要说什么，没错，我就是方中信他大哥。"

"你才多大？"宁崇一边摇头一边轻轻地笑，油嘴滑舌的多半不是好人。

"没有调查就没有发言权，你应该鉴定鉴定我以后再下结论。"方大信老气横秋引经据典起来，"你有多大？"

"27"宁崇实话实说。又不是女明星，没必要隐瞒年纪。宁崇深深地看了他一眼，似乎涌起从胸口饱满蔓延出来："如果你要追我，就请我吃饭吧！"

"好。"很爽快的回答，方大信拉住她的手。他同时补充："我28了，比你大。"

4『日久见我心』

他们去吃了口水鱼。最好吃的食物永远是泼辣大方的食物。足够的调料，足够的分量，足够的火候。吃得大汗淋漓，没有机会斯文，没有条件造作。

宁崇知道自己吃得很开心，味蕾抵达了神仙境界。汗流得酣畅，身体仿佛都轻了。面前的男人喊她等一下。宁崇乖乖让自己动作凝固，叫方大信的男人，顺手抓起面巾纸，给她擦汗。四周白茫茫一片，如在雪地上，中间一锅鲜红沸腾，异香弥漫。给她擦完汗，他给自己擦，说："继续加油啊，干掉它们。"

它们，它们这些嫩嫩的鱼肉，被干掉，溃不成军。宁崇抬头想凝固这一刻，在对面的镜面玻璃窗上，看见自己映照的影子，吃相纵横，张牙舞爪，恣肆汪洋。而这个男人，对自己的吃相似乎全然喜欢。

多少女人败于失却妆扮粉饰，颜色黯淡后。

宁崇鼻头忽然微微酸了一下。从前，她不是这样的，不是这样的开放。

放开了怀抱，是一件可喜可贺的事情，在交了数目不菲的人生学费以后。

对面的男人不容她走神："怎么了，不好吃？还是怕我笑你吃东西的样子呀？"

宁崇只有点头，的确如此。

"有什么关系呢！"方大信夹着鱼块开口，"一开始我们就坦荡荡，做真实的自己，后来就不用失望觉得上当了。"

宁崇愣一下，感动了。

我们本当用真实的自己，相互砥砺磨合。恋人慢慢成为坚固的恋人，家人慢慢成为融洽的家人，友人慢慢成为坦率的友人。抑或及时醒悟，好聚好散，各自远航。

宁崇的脸上，表情愈发认真。但这个时候，这个男人开始自我介绍了："我的名字你知道了，我在一家图片公司上班，薪水养个女朋友绝对不成问题，人品嘛，日久见我心。"

宁崇又被逗笑了。只要一个人愿意给另外一个人时间，彼此总会清楚看到对方的真实。

关于方大信这个人的人品，宁崇知道自己会睁大了眼睛去看的。

5『可以爱』

恋爱当中的两个人在一起没话也要找话说，这很正常。看下手机就知道的几点几刻，宁崇会问身边的他："现在几点了？"

方大信带着手表，他戴表的方式跟护士一样，表盘在内侧，所以看着手腕汇报时间。宁崇确信这表的样子也很眼熟，是在杂志看见过的款式。她看着方大信的手腕问："值钱吗？"

"当然值，我爹传下来的呢，百达翡丽，以后传给孙子。"

"呵呵！"宁崇笑了。诚恳的炫耀，反而不会让人讨厌。

"来，给你欣赏欣赏！"他解下腕表，递给宁崇。宁崇欣赏了表，也很用心专注地欣赏了从解下到戴回的过程。

"果然是名表。"宁崇说，"就是有点老气。"

这男人比她大一岁，却看起来仿佛像弟弟，因为有点娃娃脸，所以显得年轻。"把女朋友衬托老了的男人，实在是罪大恶极！"宁崇说。

"那你要怎么惩罚我呢？我们住的地方也没有洗衣板啊……"方大信哀求。男女之间打情骂俏最不嫌肉麻，最不怕累。

是的，忙忙碌碌的城市男女，上班下班，吃饭去餐厅，衣服送洗衣服店，所以也没有了古老的家庭执法"刑具"。宁崇想一想，很温柔地笑："什么时候我们一起去韩国，做点脸部装修。"

方大信就笑了，哈哈大笑，他在模仿那个春晚的女演员，按住太阳穴，笑得花枝乱颤。宁崇也开始笑，笑到肚子痛。也许他们跟肚子有缘，不，应该说，饮食男女一切从吃开始。

“真的如此吗？”宁崇笑得眼眶泛泪，方大信给她擦眼泪。他的动作搭配这样的口吻：“装修不装修，并不重要。重要的是，你很可爱。”

他给她擦汗擦眼泪，又不止擦汗擦眼泪。宁崇的笑容慢慢褪去，怔怔望着这个温柔的男人的温柔行径。

世上没有无缘无故的温柔，也没有无缘无故的体贴之心。

什么叫“可爱”？可以爱，还是值得爱？

宁崇仿佛在追忆。“我总觉得，以前好像见过你！”

隐隐约约，却又头绪模糊。

方大信并没有继续温柔的表情，而是，而是做了一个鬼脸。“肯定是在梦里，我们以前不可能见过。你看，你的小学中学大学，跟我全都不在一个学校。”

6『梦里与梦外』

宁崇做了一个梦。这个梦似乎短暂，却漫长到没有尽头。梦里，她攀爬在沙漠上，昼夜温差极大，她被折磨得不成人形。口干无比，饥肠辘辘，乌黑的影子咬噬着她，痛哭流涕乞求路人的施舍。转瞬又看见绿草如茵，露水璀璨，和煦的日光照耀。

这是一个对比鲜明的梦。梦里没有出现其他人，只有宁崇自己，回想则让人不寒而栗。夜深时刻醒了，宁崇抱住自己的膝盖，想起了很多事情。在她的小半生中，爱过的人，经过的事，发过的誓，纷至沓来。不想再提的事物并不会消亡，却梗塞于心，浓缩为小石块。

如果可以沉默到世界终结，那么，就沉默下去吧！

等到天亮！天亮就好了。她的身边没有人，方大信远在另外的城市公派出差。此刻他在做什么？天色的显现从窗的明亮开始，光线漏过窗帘缝隙，映射在地，白昼降临。

宁崇觉得他出现在她的生命里，如同一道光线，一道白昼最初的光。

没有人，生来是一道光，随随便便可以照亮他人的人生。

方大信不在的时日，宁崇一个人吃饭，一个人看电影，一个人逛街。世界固然很大，而人的圈子却小。习惯了在一个城区生活，那么势必懒于跑出很远。宁崇在电影院出口，眯着眼睛努力适应外面的光线，呆滞了一下后，看见了熟人。

很熟的人，很熟的男人。一个很熟的，以前对她有深刻影响的男人。

人与人的关系，其实要看附加在这个人之前的定语补语有多少。这个男人也看到了宁崇。成年人都装作无所谓，好像不认识。

宁崇侧身走开，并没有匆匆忙忙。人来人往，但心境怪异。身在喧嚣沸腾的白昼，耳旁静谧如雪夜。

她的方大信会在冬天回来。他的派出时期是一个月。

她和方大信的时间顺序如果倒推：此刻，一个月前公车上，感冒，感冒两个月前，分水岭。

分开泾渭分明的流水和人生，分开艰难悲苦和澄澈明晰。

在分开之前，那个很熟的男人的名字，她刻骨铭心，而此刻她想了很久，还是想不起了。以为恒久铭刻一个人，事实上却是荒诞剧。心中仍有郁结，所淤积的却与他无关。

存在爱的人，才会关心。有所关心，才会郁结。

宁崇去了一个地方。坐车过了一条很宽的江面，经过了城市里繁华的街道，充满玻璃幕墙的建筑高楼，璀璨华丽的购物中心，停脚在一座校园。

一所普普通通的中学，什么都很旧，显得年代久远，秩序安稳。

这样的气候虽然未到寒假，但露天场所已经没有什么人了。没有了畏惧懒散的人，还有毅力坚韧青春牢固的人。那个男孩子一直在跑，小跑，沿着操场的圆圈。

宁崇慢慢地走着，直到那个男生的步子慢成散步似的休息。

他们一圈又一圈，围绕着跑道走着。

这年的雪来得很早，三番两次。

雪下来的时候，宁崇在咳嗽，男生在质问。宁崇无言以对，只是笑了。她总算想起来了，她来过这所学校，上一次来是十年前，高考之前，这里是她的考场。有关这所学校，她听到过一个可悲可叹的事情。

某个男生，跟某个女生诀别之时，崩溃疯狂了，于是割了自己的手腕。作为早恋的反面典型，口耳相传，传成笑谈——被女生甩了而已，何必自杀，不都是反过来的吗？一般都是女生为男生自杀啊！

当时就发生在操场上，男生追着女生十几圈，还是绝望。

凡事都有两面，是笑谈，又是奇谈。因为男生没有死成，灰心丧气读大学去了。有个男生为自己自杀，简直是女生一辈子的荣耀啊！——也有人这样觉得，充满艳羡。

他人，就是这样成为地狱的。宁崇深刻记得她在大学阶梯教室里，读到萨特的一句“他人即地狱”。

要有多艰难，完成再世为人？

无数年轻的学生在操场跑道上跑过，每个人都怀着自己的心思或干脆满脑空白。

“同学，你为什么跑步？这么冷。”宁崇如是问。

“因为我要锻炼体能，才有本钱用功啊！”男生回答。年轻的脸，青春的脸，斗志昂扬的脸。

“那你加油！”宁崇转过身。

“谢谢啊！”……

7『承受者』

还记得吧！宁崇心中的那个猜测。

这个城市的绿化做得比较好。到了合适的季节，草木逢春会茂盛繁生，滋长出嫩红鹅黄，蔷薇、枇杷、四季常青，在秋天鸟雀会驻扎，有时还有罕见的鸟类，沿着湖畔飞到市区。很多爱好者会追随记录，据说还有人的作品上了报纸。

“爱好者……嗯！”当时宁崇思索着。

宁崇触类旁通的事情，猜对的事情，就是在路口。路口的东南方向，对着一栋房子，房子处于园林管理部门。宁崇从这个角度望过去，看见的是一扇打开的窗户。窗台上，有几点闪光。走近了会看得更明白清楚。

是摄影器材和DV镜头。

所以，才会拍摄下来一些东西。

平时这些器材记录了鸟雀，记录了城市的风景线，记录了人们的表情构成市民百态。也有的时候，会记录下诚恳而残忍的片段。

在某一点交汇。

这是他们的共同点。

“凡走过必留下痕迹”这是另一句格言。

宁崇捂住了自己的脸，此刻她所在的校园的操场，空荡荡的，只剩下她一个人了。在人生的某一个时刻，也有这样类似的感觉，仿佛站在寥廓的空地上，孤独一个人承受所有。而这个承受者，无法接受自己的人生，无法接受幻灭，无法接受真相。

8『镜子』

真相，赤裸裸的灵魂最是残忍。她被前男友抛弃，他们多年固守的感情，被另外一个人打败。她以为会嫁的人娶了别人。她献出了女孩子大好的青春，一段极为珍贵的时间，但一无所获。所以，所以她别无选择做出了本能的反应。

当时如在梦境里，只是在行动。

可是，当她在电脑里点开一个视频文件，看见一个浑身沾了尘土，头发散乱，妆容邋遢的女孩子，痛哭流涕跪在地上抱住男人的腿时，如同被雷霆霹雳击中。

那个画面里的女人，如同动物，如同垃圾，如同累赘，如同悲剧，如同被踢掉的高跟鞋，被人满面厌憎，仿佛最恶心的狗屎一般。不被爱了，所以错到离谱，错得低下，错得全无怜惜悲悯。男人往前走，骂个不休。女孩子在拼命哭喊：“我那么爱你，你为什么要她？”

男人愤懑：“宁崇，你看看你，变成什么德性了，看着都恶心，不要再缠着我了。”男人继续往前走，拖动了女孩子的手，最终男人使劲，抽离了脚，撇开了她，在零散的观众的瞩目里奔跑离开。

当局者迷，因为人很难看清自己。

但当自己被拍摄下来后，就看清了。

卑微，卑贱，可怜之极悲惨兮兮。不堪入目的自己，宁崇全部看见了，目瞪口呆地面对着电脑。

那是爱吗？那是挽留吗？好像都不是。那是精美绝伦的一场游戏，一方施展离弃之虐，一方倾情投入配合其中，扮演被抛弃被侮辱的角色。降格自身，自暴自弃，再自怨自怜，然后久久沉浸其中。

仿若照见一面镜子，顿然羞愧。人之执迷，总是因为不能旁观自己。他令她旁观自己。

何谓爱？照照镜子里的自己！

视频最后是几行字："我也曾经怀疑自己会一辈子孤单，一辈子失败，一辈子没有人爱。但最后，我选择更爱自己，而不是放弃自己，残害自己。"

"今天我都熬过了，我没怨恨，我身边充满爱我的人，和我爱的人。假如我有一天放弃过，我不会有今天。"

这些都没有署名。

良久，宁崇蜷缩在椅子里，她终于开始啜泣，然后号啕大哭。外界任何声音都听不见，世界从未如此缄默沉静，唯独一个人认真而倾尽自我地哭。

9『皆为序章』

哭了很久，几天后，宁崇得了一场严重的感冒。感冒好了后，她还是宁崇，下一个阶段的宁崇。在世为人，被人爱，或不被人爱，我都将挚爱我自己。

宁崇坐在自己的房间里，吃自己煮的粥，任凭虚弱的身体自己痊愈，在漫长发呆的时间里，收获属于她自己的信条。

找到她，发给她，给她镜子的人，叫方大信。但这个人说，碰巧拍到了，所以刻盘了，放到了她住的公寓楼下的管理员那里，说是交给一个叫宁崇的女孩子。是的，她的名字在那段大庭广众的视频里出现了，很明显。

他并不是专门出现的，他的出现，不只是安排来拯救宁崇的。

走到如今的人生，他知道可以给予偶然摄取下影像的路人以什么样的光线。

而他在公交车上听见她的胃鸣，才是一个意外，走到一起的意外。变得爱自己的宁崇，也成为值得被爱的人。

一个男生是如何被砥砺磨练成为妥帖的男人，继而可以教导他人？过程已经省略，唯有他自己甘苦自知。

宁崇明白，自己何以觉得，应该要解开心底的困惑。因为了解事物本源，才可以发自内心深处地去爱一个人。

宁崇开始返回，沿着原先来的路线返回。乘坐公共交通的路线环绕着另外的城区到自己的城区。公交车上的人上满了又走空，疏离的人和人，亲近的人和人，各自凭靠各自的际遇在这个世界上活下去。

宽大的玻璃车窗外，景物染了白雪，质朴如童话，宁崇没有更加擅长的视觉譬喻。她按着手机的触摸屏，发短信出去。

方大信问她："要顺带什么礼物呢？"

她当然应该告诉他自己想要什么礼物。比如"未来"，这种实实在在的礼物。

与未来对应的是过去，我们每个人活到每一刻，势必拥有纷乱的过去，凡是过去，皆为序章。

宁崇靠着透明车窗上自己的面庞之影，嘴角泛着微浅笑意。

我一个人不孤单

1『这些人真不害羞』

屈屈倒下之后，看见了鲜花满天。

轰然倒下之前，她呼吸艰涩一字一顿地喊：“你们真令这个城市蒙羞。”但那些令这个城市羞愧脸红的肇事者们依然汹涌，人群混乱拥挤不堪。这是2005年的某城春夏季花展，胶皮花盆大大小小姹紫嫣红都作了废。一旦开始哄抢，谁也阻挡不了这股大流。

一只手伸出，犹如神来拯救世人。所幸她很快就被人拉起来了，否则明日的《都市报》新闻除了花展哄抢，还有踏伤甚至酿成致命悲剧。拉起屈屈的男孩迅速拖着她跑到外围。半个天空仍然漂移着花盆、花瓣、枝叶、根须和泥土，一片狼藉。屈屈浑身战栗，眼眶里泪水打转，这些人真不害羞。

这是她第一份工作，上班的第五天。环卫工人前来打扫，报社记者赶到现场东拍西拍。屈屈还看见漂亮的苏夏拎着两盆完整漂亮的小蔷薇，套进了黑色塑料袋。她过来跟屈屈打招呼说："我先回去了，都抢成这样了，好可怕。"被巨大的现场阵仗恐吓过的屈屈已经手心出汗，高度紧张得说不出话，只是机械地点点头。

她们都是这次展会临时被雇佣的工作人员。

2『一下子等到了自己的幸福』

屈屈说："谢谢。"男生说："我认得你。法律系的，对吧？"

这是个大眼睛的男生，明晰清澈，衬托在年轻的面孔上。屈屈却不认识他，她猜他们应该是一个学校毕业的，也许在某个餐厅或某个校内活动上，他们遇见过，但是没有真正的交集。尽管男生十分热络，可屈屈还是流露出第一次见面的表情。男生哈哈一笑，屈屈的心脏像被撒了石灰粉一样忽然滚烫起来。男生问："你电话多少？"

不能拒绝，不能隐瞒。就像缴械投降的士兵，屈屈倾吐了所有关于自己的信息。之后屈屈自然被炒了，大家都被炒了，尽管这不是她的错。那么多人的场合，最容易发生这种意外。那就再找工作好了，才毕业的大学生应该本着勤奋用功的心。

这都不算什么，因为男生的电话来了。电话里的男生声音更温柔，好听得像一片盛满蜂蜜的沼泽。

男生说："周末一起出来玩啊！"屈屈觉得自己只不过是工作小小的失意，却一下子等到了自己的幸福。

他们约在植物园。

抱着硕大的酒瓶椰子树时，屈屈有点走神。有一天，和喜欢的男生一起变老了，当他有了大肚腩，对，大肚腩，就像这棵大着啤酒肚的椰子树一样，多么可爱。而现在，这个男生眼睛迷人，嘴角带着牵扯丝丝的微笑。男生经过每个植物都会冒充讲解员，给屈屈描述属性与原产地。但其实每种植物的身上都挂了牌。

逛第二圈的时候，他开始一直问一些问题，但屈屈丝毫不觉厌烦。

关于他要了解什么，她百分之百慷慨阐述，自己，自己身边的人，过去未来，像圣女要把自己献给祭坛。

外面已经炎热，而植物园区内平均温度要低好几度。清凉季风吹动屈屈的衣角，也吹开满脑子的未来遐想，这才邀约第一次而已。回到租的小房子，忍不住就打了电话过去。男生问："今天玩得开心吗？"屈屈说："很开心呀！"

男生说："下次可以叫上你的同事一起！人多玩得更热闹。"

"哪个同事？"屈屈随口一问，两手捧着男生买给她的盆栽植物，清新的香味弥漫升腾到她的鼻端，只要呼吸一口，整个胸口都是甘甜。

"比如苏夏嘛！"

3『漂亮、虚荣、贪图享受、会拿公共的东西，喜欢占小便宜』

2006年11月13日，难得的晴朗天气。屈屈拉开窗帘翻出所有需要曝晒的东西，接受阳光的检阅。

大多数东西都会发霉，包括记忆，包括喜爱。

后来三个人一起出去玩。在这个内陆城市里最漂亮也是最大的湖泊上，飘飘荡荡的小船里，一个男生与两个女生说笑谈天，显得很美好。那么澄澈的湖水，屈屈记得湖边的落叶橙红明黄，让人小心翼翼，不舍得踏踩。

屈屈坐在船舷上看着旁边的苏夏在柔和的光线里笑得花枝乱颤，白皙的肌肤有点耀眼。屈屈心里终于承认，苏夏这样的女生是漂亮的，起码比她漂亮。关于形象，也许你可以在后天努力，奋力追赶，但天生多的那一份优势，赶上太难。屈屈的皮肤黑，终日不见太阳才少许泛白，但只要一出门，不出一周便恢复常态。但苏夏却怎么晒都白，就算夏日光线猛烈，会晒伤皮肤，那也就是红一红便了事。真是让人怜惜的特点。

男生撑着遮阳伞站在苏夏身边的时候，屈屈跟苏夏说："我家让我回去，我们那个小城市，女孩子生活要容易简单多了。"

屈屈极力掩盖自己的那一点点落寞。

苏夏说："是啊是啊，好可惜，你还是大学生呢！要是我，有了学历，就可以找个很优质的男朋友了，真讨厌那些没文凭又不上进的男生。"这个漂亮且有着本地城市户口的女生，高中毕业就做着各式零散轻松的工作打发青春。漂亮、虚荣、贪图享受、会拿公共的东西，喜欢占小便宜。

男生的表情在苏夏说完那一连串话以后偷偷变得欣喜起来。屈屈忽然认识到自己只是一个中转站，由此及彼。那个彼，当然是漂亮的苏夏。

往后的回忆与情节都变成灰色的画面，很少有鲜艳的色彩。比如2007年跟下一个男生约会，吵架了，在天台上喝酒。凛冽的风一下一下吹着她的黑色外套。楼下的邻居在放一首法国独立灵魂歌手Sebastien Tellier忧伤的《Look》。她喝的是洋酒，后来她变成了小白领，有些钱给自己买不错的酒喝，以前她是不会喝酒的。

再见到男生，他穿戴得体地在敬酒。这是很有档次的商务会所。屈屈跟在上司背后也来应酬，路过男生时彼此认出。她冲男生微笑了一下。他在谈什么呢？生意？工作？都可能吧！她独坐一隅走神了。上司问："你是不是不舒服？要不先走吧。"她说："那我先走了。"她离开的时候，他在门口刚抽完一根烟返回。他们擦身而遇。

"你结婚了？"屈屈还是忍不住问。

"我结了啊，苏夏说很想念你。"男生回答。

他被催促快回酒局，他问她要电话号码。她没回头，说："你快回去吧。有空再聚。"她微笑，想起苏夏那个暗光里依然白皙的丽人。

她记起当时男生跟她说过的一些话。她问他："我不认识你，你怎么知道我是法律系的？"

男生笑了，说："你记得李辅导员吗？"

屈屈说："我记得，一直在法律系的那个。"

"辅导员后来也开了公共课了，讲就业的。上课时说：'有的学生很不容易才摆脱掉身上的落后习气。比如我曾经带过的一个法律系的女生，叫屈屈，大一的时候跟我打招呼时满嘴油花，连吃完饭擦嘴都不知道。等到毕业了，也修炼出来了，收拾打扮得像模像样，我看着你们一个个改造成功。'"

小城市的屈屈，不属于自己的东西不会拿，即使有美好的内在，但却赶不上大城市的苏夏。至少将来生了孩子，他和苏夏的婚姻能保证他们的孩子可以上城市户口。而换了他和屈屈，两个外地人必须购买100平方米以及总价超过50万的房子才能够落户。这也许要耗费两个白领十年的光阴。生活的负担原本如此沉重。

小市民苏夏，应该反而很能经营两个人的小家吧！屈屈看着男生远去的背影想。

4『那些年你没有牵到的手』

此刻，一天之中最后的日光照在屈屈身上，也照在那些需要曝晒的物品上。她看着日光干净而温柔地晒干了潮湿发软的旧物品，被单、衣服和书籍，它们统统泛着温柔的白光。还有室内缺乏日照的盆栽植物，鲜花芬芳。冬季结束以前，她答应了别人的求婚，那是一个有房有车，尚算温柔的男人。他要她居家清闲，不必在外辛苦。

她不是不幸福呀！

她到底也没问男生，过去究竟她有没有机会进入他的人生，是否他也内心曾为选择煎熬过，还是说，一开始便选的A，绝非B？

问了也白问。21岁与她背景相同，毕业以后的男生，必须现实地考量一切。

有一段记忆不会发霉，她当然记得，在她被拥挤推倒的时刻，众生喧嚣丑陋哄抢一片。仰面入眼是鲜花满天，那时伸来一只仿若爱神的手。

没有牵到的手。

终有一天赶上了，已经是许多年后。他们两个人，相差无数光年。而爱仍是爱，一直都是，那个瞬间她爱上了他。投入爱中的人浑身战栗，感受到多彩而至高的幸福。这种幸福不可流传，仅属一人。

像鲸鱼搁浅在海滩上

何谓毕业？毕业也即情侣的终结大检验。有的人正常分手，有的人受不了别离，颠颠又倒倒，活似醉鬼。

“分手的时候到了，你们活，我去死。”女孩一边说一边倒立了十支啤酒瓶子，妄图让自己死于酒精中毒。喝完一支，摔烂一支，一地墨绿色的碎玻璃。

小时候外公病危，最后一句话是：“你们再给我闹财产，我就拔了输液管。”那群亲人出了房间仍然闹着，外公只好去世了。

逼急了，人是什么都做的出来的。

所以小牧信了女孩的话，自己也哭了。

有一次小牧看电视，电视里的女明星说，最讨厌跟其他女明星一起喝酒。因为十个女生十个喝醉了，就会痛骂男人都不是好东西，哭闹得没完没了。

醉后哭闹，举世嫌弃。

问题是，被嫌弃，也好过被抛弃。那叫彻底的失败，完全没有光荣可言。

1『洗得干干净净』

一个街头流浪汉经过小牧，旁观了半晌，咧嘴笑了。

这位流浪汉先生脏兮兮的，看不出长什么样，不过仍然抱着一瓶酒，喝两口，就地躺在小牧身边，似乎睡着了。小牧忽然不想哭了，虽然她打算自暴自弃了，但根本不乐意让流浪汉的手掌伸到她的脸上。

她神智还有四分清醒。

这四分清醒足够她的意识指挥手腕，给那轻薄她的男人一耳光，两耳光，三耳光，四耳光。

只是，流浪汉的手掌其实只是要擦擦她的嘴角，那是呕吐的痕迹。

然后，手掌就转移到了她的脊背上。

被打了耳光，还是很温柔的流浪汉，手掌像热水袋。

这是世界上最脏和最温暖的手掌。

那手掌在慢慢安抚她，并且搭配的台词是："不能喝就不要喝太多，你们女生就是这样，喝醉了就爱哭。"

她吐完了。在安抚中身体终于恢复到不怎么痛苦的状态。其实不痛苦，就是幸福。

她说："谢谢你，我误会你了。"

流浪汉说："不用谢。"

她仍然固执："谢谢你。"

"不用谢。"

"谢谢你。"这次她高喊起来。

流浪汉说："好，好，谢谢我。"

小牧吐完后已有七分清醒。在七分清醒的时候，她说："谢谢你，我请你洗个澡。"

2『人生哪有那么戏剧化』

流浪汉真的被她请了。洗了澡，换了简单的背心，短裤，拖鞋。小牧看着他的脸，叹气了。她从来没见过这么脏的流浪汉。脏得那么假。

凡是看起来特别假的事，基本上就是假的。

人生哪有那么戏剧化。男人其实很年轻，年轻的男人干净的样子，很舒服顺眼。他深情款款地看着小牧说："其实我是个演员，毕业于上海戏剧学院。"

小牧拒绝了他那么多次，分摊在漫漫岁月里，几乎每年一次。初中高中大学，一年四季，春夏秋冬，时间不等人，但人却在等人。最后一次交锋，是小牧说的："你要是再出现，再纠缠，我就去死，死给你看。"

爱你的人，才害怕你出事。他就消失在小牧的眼前。

从上海戏剧学院毕业后，他并没有成功变成一个小演员，然后混导演混圈子潜规则上位。

他过着普普通通的生活，接了几份家庭工。按钟点教小孩子弹钢琴，当天结账。他主修表演，辅修乐器钢琴。

小牧说："难怪你当不好演员的，因为你的演技实在是，还不如湖南卫视《花儿与少年》里的那个许晴。一把年纪扮天真少女，谁信啊？虽然许晴的确是个大美女。"

他就笑了。

小牧仰头顺着沙发睡下，舒展四肢，说："我想，我该答应你了。世界真奇妙，喜欢一个人能够坚持那么多年。"

他说："但我要复仇，报复你让我等了十年。"

3『换掉空气』

即使把每个角落的痕迹都清理掉，即使打开窗户三天三夜彻底换掉空气。听见电视里的播音员念出大志的名字，小牧还是立刻转头。

"做人根本没必要记性那么好。"

她继续对自己说："做人最要紧是开心。"

年轻男人却装作没听见。

她只不过是放了那句狠话，他就被吓退了，从此默默存在着。其实女生的狠话，三分真七分假。

要命的是，你不知道在什么时候三分真，什么时候七分假。也许当时真，过后假。

大志就是这样离开小牧的。因为另外一个女孩站在学校的宿舍栏杆前，说："分手的时候到了，你们活，我去死，谁的去路好，只有神知道。"

小牧脱口而出："你不要做傻事。"话一出口，她就输了。

那年夏天的6月22日，正是夏至之时。

那天是小牧的生日，也是毕业前的最后一个生日。八天之后，所有毕业的学生统统都得滚蛋。

看看别的女孩，多聪明，选择了很好的时机，上演了多好的戏码，看准了男人的心思。男人总是同情弱者，辜负强者，哪怕弱者根本就是扮猪吃老虎。小牧根本不敢对挺下去，面对这么疯狂的人，这么疯狂的事。但如果万分之一的概率，是真的呢？真的跳了，那小牧就罪孽深重。

放手认输的是她小牧。难受的人，还是她小牧。心疼的人，却是苏宏。

可有可无的苏宏，阴魂不散的苏宏，被一次次打击拒绝的苏宏，回不了头的苏宏，扮流浪汉失败的苏宏，此刻因为太累了睡得死猪一样的年轻男人苏宏，就在小牧的身边。任凭时光流逝。

苏宏不难看，他其实好看，不然不会考进戏剧学院。这种学校都是挑脸的。

有那么一瞬间，小牧忽然忘记了前因后果，笑和眼泪，轻轻地把头搁在苏宏的肩膀上。

4『一起看电影』

苏宏走在小区里，皂角树覆盖在他头顶，错愕了一下。因为他看见他要教的那个小男孩很高兴地跑到他面前说："苏老师再见。"

再见？再什么见啊。这小家伙都没开始上音乐课。现在的皮孩子，家长也管不住么？

其实是因为有人捣蛋，免费送了一张《冰雪奇缘》的电影票给他的学生。送了小孩子，大人当然少不了陪小孩一起去，那么等于全家出动了。

苏宏听着小牧的解释，说："那我今天耽误的2个小时120元怎么算呢？”

“我们去看电影啊！”小牧站在碧绿的一树藤萝阴下，使劲拿手里的两张电影票扇风。气温骇人，但她不想一个人看电影，所以她耐心等着。不多不少，也是120元。

苏宏低头了。

总是有一点犹豫的。人畏惧痛苦，也畏惧幸福峰回路转。因为幸福总那么脆弱和过于虚幻，显得不真。

他说：“对不起，我愿意。”

5『情敌的抄袭』

电影看到一半的时候已经雷声轰隆，看完出来的时候已是暴雨。

小牧抓紧他的胳膊，奇妙的是暴雨也没掩盖掉他的讲话，他讲：“第一次看你走进教室，我忍不住拿钢笔在考试试卷上写：我喜欢你。你只不过是路过，被顺口叫住代替监考老师转达一句话。后来我被传言说喜欢中学女老师。”

小牧说：“难怪你名声那么滑稽。反正我们女生是跟你保持距离了。那老师那么难看，都说你口味太奇怪了。”

他讲：“后来我越追你，你越躲远。我总灰心，灰心了又蓬勃发作。这大概就是命。”

苏宏的口音充满潮湿的感性，“我该阻止你跟大志的。可惜，我只敢偷偷摸摸喜欢你。”

“这也没什么。”小牧说。

一开口，雨水就溜达进她的嘴巴。确实没什么，本来，什么都是她自己选的。

大志劈腿了，大志的劈腿对象反客为主了。那个女生还以死相逼，大志和那个要死要活的女生毕业后到一起了，后来木已成舟远走高飞了。

长大成人，谁没有走一些错误的航线。

毕竟人家也挺冒险的。

小牧说："我恐高啊，换了我，挨着栏杆腿都软了，实在做不到为了抢一个男朋友要死要活。"

小时候，弥留之际外公的行为，变成后来的畏惧。

当机立断自己退出，成全他们。结果变成了一杯苦酒，得自己慢慢消化。

也许事物可以换个角度去看，愿意站在高台栏杆外，本身就是豁出去了。那女生的台词，小牧回想着，念诵一遍："分手的时候到了，你们活，我去死，谁的去路好，只有神知道。"

有时候吧，人们计较的根本不是什么爱不爱的，只是心有不甘，觉得头顶的神为什么对自己不公平。

苏宏说："其实这是苏格拉底的临终遗言。"小牧扭头死看苏宏，情敌的话居然还是剽窃来的，真是想不到。

要过马路了，苏宏话头中断。

6『像鲸鱼彻底搁浅在他的海滩上』

在他话头中断的片刻，他转到了小牧的右边，那个方向是车开来的方向，这是一个保护的姿势。如果这也是表演的话，如此冒险的表演，证明一切都够了。

谁的去路好，也许不只神知道。

小牧也知道。

过去种种，多像玩笑，不如统统掐灭丢掉。

爱过，分手，恨过。被人纠缠过，也纠缠过人。拒绝过，也被彻底甩开。

在路边。小牧抱死苏宏，下雨天，她像鲸鱼彻底搁浅在他的海滩上。

像是眺望地球的月亮

1『告解』

十年前，春天的黄昏，谢鸣晓绕过图书馆，再绕过后来因为学校扩建而被砍头的两株巨大的橙树，站在碧绿浓阴下，浑身颤抖了一下，因为她听见隔壁传来低低的哭泣声。隔壁是图书馆一楼的外文资料借阅室的女卫生间。没有人会站在这样偏僻的角落，这是一个无心之举。她手腕上戴的廉价银链在趴窗台上时脱落，所以下来寻回。

哭泣伴随着一个男生的名字反复穿插。

那个见缝插针的小卫生间，谢鸣晓也使用过，靠里面那个小隔断空间，封闭、陈旧、幽暗，许多人不是实在逼急，不会光临。

她听见哭泣的声音和男生的名字，那个名字在大脑的神经里反映，转换为意识。很熟悉，陈廷。哭泣夹杂着絮叨。

在那个瞬间，谢鸣晓觉得眼前的碧绿非常浓厚，因为即将泼洒下的夜色，墨黑成分不断添加。许多年后，谢鸣晓想起《伊豆舞女》的结局里，大学生告别了舞女后，在黑暗船舱里哭。老太婆杜拉斯在《情人》的最后一幕写，离别了中国情人的法国小妞在轮船里哭。

在幽暗之所，在偏僻之室，那些久远而压抑地独自哭泣，像是对着隐藏的神做告解。

但神没有回答。

2『助手』

谢鸣晓给陈廷打印文稿，打印演讲词，也打印各种学生会要用到的文件。只要有组织，就有人把它变成地道的官僚机构。即使是学校的小小的学生会。陈廷像村上春树在《挪威的森林》里写过的永泽，气质天然洒脱，用身高、谈吐与笑容，征服旁人。

直到如今，谢鸣晓仍然觉得村上的故事足够幽僻，已经羞于充当谈资的人们是他们自身浅薄，所以爱得快也丢得快。

陈廷同一班上的她说："晓晓，来给我当助手吧！"

她就点头答应，等到反应过来自己接了一件很不轻松、非常讨嫌的工作，她仍然有办法化解烦琐。陈廷总会适当地给出奖励，对待女生他会从挎包里取出的一盒糖果，对待男生他会充满赞誉给予精神鼓励。

每个星期六下午的例会也没有那么可恶，等待一盒糖果的心情，有时候很像巴普洛夫先生训练做科学研究的狗。一到那个时刻，在此之前的半个小时，就会被无形、可以预知的甜蜜芬芳包围。那种香味并不真实存在于空间，只存在于某些怀着奇特心情的心。

陈廷的支持者还是女生多，这在竞选学生会主席的时候，可以看出出风头与阵势。但是，陈廷并不属于任何一个女生。陈廷跟不同的女生走得近，然后错开，基本上，这些女生都没有公然说他的坏话，也许他做得够好。

谢鸣晓没有打算去客串一角，好像自己这样站在最适当的距离，反而是在他旁边时间积累最多的一个女生。

3『月球』

2004年大三那年，陈廷任满。他分别历尽了大一时的青涩期，大二时的成熟期，以及大三时的全盛期。在他担正学生会主席期间，代表学校一再赢得荣耀。他的光环越来越多，一度兼任省学联副主席并获得全国优秀学生干部。

陈廷离开了位于行政楼之间的活动中心专门提供给学生会的白色办公室后，谢鸣晓也不再接触那些习惯了操作的老式电脑，以及针式打印机。曾经她蹲下身，看着针头在纸张上击打，无数个墨点一排一排变成文字和图表，到底没有激光打印机那么清晰光洁与迅速。针式打印机缓慢运行的过程里，陈廷耐心地坐在一边等着。有时候他接电话语气很温柔，谢鸣晓知道，那应该是新女友。

有一天，陈廷在赐给她糖果后拿走文件，半途又折转回来，说是忘记拿手表了。人人拿手机当手表用，但他仍保持老习惯。全钢式机芯手表环绕着他的手腕，他忽然把戴着手表的手，搭在谢鸣晓的肩膀上。

“真奇怪，我在你眼里，一点魅力也没有吗？”

谢鸣晓笑一笑，摇头。但没有来得及用语言回答，他就匆忙而去，来催促的学生干事在门口喊他："陈主席，陈主席！"

他的惊讶她很明白。唯独放在身边的女生居然无动于衷，倒叫他好奇了。但，只是好奇而已。不代表什么。银河系中有太阳系，太阳系中有行星地球。造访地球的流星不计其数，留下地表的陨石坑更属稀罕，从来并无抵达心脏者。在地球之旁的月球，目睹毁灭自身一样的前赴后继，是否也会畏惧?

她没有男友，但却时刻都可以感知到跳动胸口里汩汩的爱意，像是不打算入海的河流，像是永不接触地球的月球。

4『监禁』

卸任的陈廷仍然是焦点，据说他要报考全国重点单位的公务员，他的履历已足够。那台庞大沉重的针式打印机被废弃在走廊尽头等待处理。谢鸣晓站在它旁边默默哀悼了一会儿，她能够觉察到自己所在大学的变革与上升。彼时，全国大学都有一股大搞建设求发展的干劲。

后来同学录里的回忆众口一词，他们这一代毕业的印象，是每个大学都像是大工地，日新月异到让人眼晕。中国人民大学就连一个学生餐厅都安装上了观光电梯，很让人有《红楼梦》里贾元妃进大观园的感慨，太过奢华了。

2005年陈廷去了北京，他这一路符合所有人对他的期望判断。谢鸣晓参加了他离校前的私人聚会，那些客气的未来攀附弥漫着礼貌的嫉妒。陈廷走到她面前，杯子里的葡萄酒已经捂得闻见果香。他说："我敬你！谢谢你的支持协助！"

周围喝高的男生开了荤腔："男的不能敬女生，'敬'了可是要负责的。"

谢鸣晓心里就咕咚一下，想起什么来。胸口有什么东西涌起来，被堵住了。像是困住的远古兽，在时光洪流里被监禁。

5『配角』

回到母校是在2007年，树木与湖都消失了大半。取而代之的是人工安置的蔷薇园和玻璃架的培植房。大学一直没有男友，毕业了谢鸣晓才开始接受男孩子。

谈了，又分手。再谈，再分手。总是淡淡的，连惨痛都不曾有过。提不起心情，约会都会出神。似乎郁结，却无从宣泄，摸不到明晰的理由。

学校里，宿舍楼、体育馆、游泳馆和美术学院的大楼，拔地而起。至于学生会所处的活动中心，太过巧合了，那块地皮另有他用，那天正在拆迁。她停留脚步，等待着。终于，轰然一声倒下，整体崩溃的白色灰尘烟雾四面席卷，淹没了谢鸣晓，瓦砾废片和钢筋零碎不堪。谢鸣晓失落了，她再去图书馆，图书馆改建得更加完善。昔日的双子塔楼，不断修缮翻新。谢鸣晓一步一步走，到走廊尽头，转弯，到外文资料借阅室，角落，那里的小卫生间已经被封闭，变成了一面坚实的墙壁。

绕过图书馆，再绕过空地，那里曾经有两棵巨大的橙树。站在原来的位置，不见任何碧绿浓阴。

胸口的堵塞越发严重，脚步踉踉跄跄。虽然一身打扮恢复昔日的球鞋与T恤，但眼神异样，与路过学生的清浅明亮截然不同。

她的提包里有一本中《国青年》杂志，杂志有一页是分头采访社会各界人士。当中，有陈廷的采访和他的照片。她知道他结婚了，同学录里有婚礼照片，女方据说是某千金。

他的人生，到此终于有了女主角。

在此之前，都是女配角。

6『幽暗』

配角各不同。

不管是杜拉斯笔下法国小妞的哭泣，还是川端康成笔下男大学生的哭泣，都是短暂交会，都不能实质得到的悲伤。

那个黄昏的哭泣在谢鸣晓的脑海里，这么多年挥之不去。与小说里的哭泣重叠到一起，变成了复调合唱的告解。那个女生躲避在小卫生间最里面的狭窄幽暗里，说："对不起，对不起，对不起。孩子，你不要恨我。我也不想打掉你。我失去了廷，没有资格留下你。"

那个瞬间谢鸣晓全部心领神会，她距离一种绝望的伤痛那么近，咫尺之隔。但一个在戏中，一个在戏外。那个女生的名字和容貌，都不可知。哭泣许久以后，悄无声息。谢鸣晓寻来砖石踮脚隔着生锈铁窗垂望，已不见人。

但她总记得那哭泣，这哭泣最后融化在她的血液里，只等着她压抑到极点，骤然爆发。在他折回的那个下午，一切未发生，便已经消逝。

她也不是配角，曾被背弃，还可以保留原谅。如月球曾环绕，只是环绕，然后分开而行。

她走遍曾经的校园的每个角落，最后走到空无一人的文科楼最高一层。在黄昏过后最接近夜的片刻，月在半空，清冷的天光犹如密集的冷水，灌注充满马赛克的空间，走廊最尽头的卫生间，低头钻进最里面的单间，关上门，她把头埋在膝盖之间，抱紧自己的胳膊。

后来，在极之幽暗的角落，终于传出哭泣，经久不息。

有伤的动物
你不要扔向大海

27岁的陈杰早上在这个城市的CBD大楼门厅按指纹，在电梯里擦掉嘴巴上吃的法风烧饼的芝麻粒，在电梯光洁如镜子的壁上收拾好仪容，到办公室的格子间里开始工作。

但是这个早晨因为经理临时没有来，照看纪律和卫生的，不知道哪个头头们沾亲带故的阿姨也没有来。超级大盒子一样的办公室，悄无声息迷漫着一股松弛的味道。

陈杰终于忍不住笑了，实在是太好笑了。

新闻说一群好心的志愿者跑到海滩边去，热情洋溢地往海里放生了小鱼、小虾、小海龟，等等什么的。

这些鱼虾一被放到海水里，立刻游向大海深处。唯独一只小海龟，不知为什么老是辨别不清方向。放生者几次将它带到离岸几十米远的海中，它每次都直接调头往岸上游，上岸后漫无目的地到处爬。

放了几次不成功，放生人员拿起海龟细细检查，发现它除了一条腿有点划伤外，其他都很正常。“难道它想有人帮它把腿伤治好再走？”工作人员风趣地说，同时用力将海龟扔向更远处的海里。这一次，这只小海龟逐渐消失在人们的视线里。

消失在大海。

大海的深处。

新闻还配了照片，照片上，那只聪明伶俐的小乌龟，到死算不清为什么有人要把一只陆地龟扔向茫茫大海。

它的腿还有伤，那么咸那么咸的海水，必将灌进它的胸口、它的呼吸，淹没它的生命线。

在禁止了聊天软件的公司，还有口头传递。此起彼伏的，窸窣的窃笑，进入陈杰的耳朵。一丝微如针灸的刺痛，犹如攻击在心脏上一般。

他闭上眼睛，忽然看见一只可怜的金鱼被塞进了小花瓶。

1『人痘合一的人滚开』

17岁的陈杰不单单体重比27岁少了30斤。

17岁的陈杰在小阶梯教室里开班会，才上大一的学生们因为幼稚所以老实，一干人等到得整整齐齐。班级团支书在废话连篇，林俞在和旁边的女生说说笑笑，没多久她就跑出教室。陈杰忍不住回过头去，看见林俞从后门逃掉的脚步，一直留意着，林俞站在那边回望着教室，笑了一下，不知道视线落在哪个男生身上。

整个法律系最漂亮的女生，在自己的这个班上。

不知道为什么，陈杰就常常看见她。在学校门口看见她，她跟一个瘦弱清秀，戴着老土的金属手表的男生并列走着。隐约听见男生说：“晚上想吃什么啊？”

这么快？怎么会这么快就名花有主了。

那是风清气爽的春天黄昏，陈杰觉得自己生活在一个死寂的国度。

不过因为是17岁，陈杰在自己的背包里发现了纸条。他恋慕着人，也有人恋慕着他。陈杰四顾茫然，不知道纸条什么时候被放进来。如果是小偷，那可真是一流级别的高明手脚。

纸条的字迹好看，内容简单，只留了一串电话号码。

陈杰仰头想了一下，觉得心里满满的都是固定一个人。将纸团折叠撕掉，送进垃圾桶。

连续几天，陈杰忽然发现自己都遇不到林俞。这种情况没有持续一个星期。在十号楼宿舍下，陈杰抱着新买的数码照相机，又看见林俞。

换成了一个高大但皮肤糟糕，青春痘迷漫到人痘合一的家伙。一瞬间，陈杰发现自己还有这么刻薄的天赋。照照镜子，自己的脸干净得才像这个年纪的最佳状态。

后来，陈杰终于发现和确认，林俞是个很不拒绝人的女生。

她说：“别人是一片好心呀！又不一定非要交往不可。”听到这句话让坐在后排的陈杰耳朵发痒。

原来如此。

陈杰手伸进背包，摸到照相机的时候，他的眼睛闪亮了一下——我在学校校刊做记者啊，要找女生拍照，你的条件最合适了。一个班的，你肯定会协助，对吧？

当时，当时就是这么说的吧！

2『金鱼与花瓶』

林俞迎面而来的时候，陈杰说："你化妆了啊！"林俞甜美一笑，好像她就是蜂蜜。她说："我是化了那么一点淡妆。"林俞没戳穿男生对化妆的无知，她又是一笑，"我是天生的水色好，自然的泛红呢！"

不管是不是天生，陈杰都觉得头有点轻微的晕。

"那我们开始拍啊！"

"可是要有背景啊！"

学校门口那家新开的"寻情纪"餐厅装修得不错。

"好，我们就去那里。"

不过是数码相机，再高档也拍不出专业摄影的花样。但是，林俞的人就是花样。林俞凑近看显示屏，说："背景还是太单调了呀！"

一眼看见店子里水缸里摇头晃脑的几条金鱼，林俞将餐桌上的花瓶倒掉，换水，伸手捞起一挑发育尚小的金鱼，那么勉强，塞了进去。

林俞的脸，微微笑着，和花瓶里的金鱼贴近，成为陈杰一直保留的一张定格。

当然还是要慰劳林俞的辛苦，请她吃东西。当然还要做到足够的风度，送她回宿舍。这一切百分之百像是约会。

陈杰第二天经过餐厅，忍不住顺口问了句："昨天的鱼呢？"

老板说："那东西经不起折腾，死了。不过不值钱，看在你昨天消费得挺多的，还可以登校刊当广告，算了啦。"

陈杰略微心闷。

然后，逐渐扩大，铺天盖地。他又看见林俞了，昨天是那么愉快美妙的一天，他当然在送回宿舍时，再度约她："明天晚上去吃火锅啊，你们湖南伢很喜欢麻辣锅吧！"林俞一口答应了。只是，此刻，中午，分明看见林俞在喝水。对面是看不清楚样子的男生，殷勤奉上零食。

晚上，林俞点了一味豆腐鱼头酸菜火锅。“为了皮肤，现在不能吃太辣啦。”林俞语言嫣然，像金庸写过的王语嫣。陈杰几次发呆，然后镇定。吃到惬意开始相互讲笑话，林俞被逗得哈哈大笑。轮到林俞，那个笑话陈杰完全不记得说什么了。只记得，笑话说完，陈杰一口米饭喷了。

你见过美女脸上东一粒西一颗粘着东北大米吗？“没关系啦。”林俞擦脸，指着火锅说：“吃完别浪费。”一切都很美好，也很滑稽。

3『花朵与盲人』

隔天之后，不再有话，心有灵犀彼此映照一般。

陈杰死心，他如盲人，林俞是他不可企及的双眸的花朵。

圣诞节那天，中间下课间隙，陈杰跑到洗手间洗脸，他昨天晚上电脑游戏打多了，瞌睡得厉害。

回到教室，他还是躲在最后一排睡着了。醒来教室人都走光了。对啊，都该去过圣诞节了，有对象的多快活，没对象的，多寂寞。抽出背包，准备走人。一张卡片掉到地上。

精美的卡片，还有手写的祝福：圣诞节要快乐哦！陈杰，你真的很有才华，我看了你在校刊写的东西。

才华是什么？有用时可以当饭吃，当魅力，去卖钱。但是，没用时，一点用也没有。

他还是被感动了。电子邮件已经流行，手机联系快得像是不要明天一样。手写的字，那么好看。可惜，这些笔迹，没有主动写过爱慕自己的情书。

一个人在街道上游荡，晚上回到宿舍，都在议论纷纷。插耳去听，“啊，你收到林俞的贺卡了，我也有。你的写的什么？”陈杰呆滞一下，醒悟过来。

所有男生，班上所有男生都有。她做得那么温柔可意，漂亮又可亲。有个男生说：“那我们还得回张卡片吧！”

那么，你的圣诞节究竟跟哪个男生过的？陈杰默默无语上床睡觉。

时间加倍度过，这当中，陈杰看见自己宿舍的另外一个兄弟勇敢追求林俞但失败。陈杰目睹林俞被女生嫉妒，被男生口耳相传。最后一个暑假，林俞忽然打了个电话到男生宿舍，她的电脑要搬回家，宿舍里只有陈杰。陈杰就像老朋友那样，热情又礼貌。

从七楼到一楼。庞大的显像管显示器沉重无比。

陈杰大汗淋漓。林俞递给他一颗苹果，陈杰大口吃掉，很香甜。没有多余的话可说，林俞说：“谢谢你啦，再见。”

“不客气。”

大四，陈杰终于有了女朋友。

4『受伤的动物』

大四的女朋友，就是写过好看字迹情书的女生，被陈杰忽略的女生。这个女生在毕业前夕终于鼓起勇气，大声在班级聚会上说：“陈杰，我喜欢你。”

全班同学哄然大笑。陈杰喝了一些酒，抱住了这个女生。一个有些可爱，有一点漂亮的女生。跋涉了整个沙漠不一定遇见一滴雨水，但六月之时的梅雨季节来临，湿透了陈杰的全身。

陈杰吻了女生的嘴唇，可以感觉到嘴唇上激动得颤抖。

林俞没有来最后的毕业聚会。

据说她在湖南老家有个公司要了她，于是去工作了。

美女不用操心工作什么的。

陈杰守着喜欢他的女生，度过了大学毕业后最拮据的两年。最初的工作，薪水微薄。渐渐升值，待遇从优。中间跳槽，毕竟在进步。三年后，买了房子。

只不过，他去参加全城白领青年相亲会了。

他喜欢的，是需要漫长时光，才会下定决心寻个归宿的美丽女孩。最近陈杰看见她的博客里写她结婚了，先生很疼他。

喜欢他的，是需要他婚姻承诺，早点兑现的值得娶的女生。但他拖拖拉拉，还是放开了手。唯有重新开始，打起精神来。

办公室终于安静。

笑话笑完，也就过去了。

只有陈杰，想起了那年的金鱼，临时请来充当道具的金鱼，憋在窄小的花瓶里，最终牺牲。

误会了陆地龟的好心人，杀死了它。两者似乎有异曲同工之妙，世界真奇妙。

林俞凭借她的天赋，注定伤人多于伤到自己。

呵，是了。他在林俞那里受了伤。

她仍然可以一片好心，当是老同学挥手说再见。

受伤的动物，早已被扬手扔向茫茫大海。

遇上那只找死的兔子

『1』

小路鬼鬼祟祟地在地铁站贴海报时，脚忽然就抽筋了，她痛苦地扶墙呻吟。

收班一刻，没人搭理她，真绝望。只有大茂温热的掌心按上她的小腿，顿时疼痛舒展。这男生穿西装，但一脸稚气。

于是一段美好的爱情就这么开始了。打住！当时来往的人群没有人为她停留，大茂也没有，纯属小路想象。

年轻的大茂为了在大城市站稳脚跟，心急火燎，哪会注意到旁边呼救的女孩，不过他掉了一本小书。

小路扭动身体去捡书，这么一分神，一蹲下，小腿上那根不知道发什么神经的筋骤然老实了。小路长出了一口气。

那本书黄色的硬装封面，漫画体书名的版式，当然它本来就是一本漫画，它叫《找死的兔子》。

『2』

从前小路嘴上顺从，行为却跟老妈唱反调。

老妈说："学生不许恋爱，发育都没完，谈个屁，被人骗大肚子我看你以后怎么办？"

小路就点头赞同，照样早恋。

小路其实不明白为什么书香门第的爹，会娶这样粗俗的妈。这个问题她来不及问，因为他爹病故了。拖了三年的癌症，死了是解脱。

她和班上一个男孩谈了一整年的恋爱，进展也只是拉下小手。后来上大学，亲妈大转弯了，说："女孩子还不快找个好男生培养感情，毕业了好嫁人，不然变剩女怎么办？"

全中国的爹妈都这样，翻脸比翻书快，只隔一个假期，恋爱就从洪水猛兽变成了恨嫁若渴。

亲妈接着说："小路，你知道，一个女人要养家供你读书，不容易。你嫁人，我幸福。"

小路哭笑不得，所以她就去勤工俭学贴海报。她觉得自己能理解亲妈，为她爹治病，虽然没有倾家荡产，也花了一大半。

觉得不会再抽筋了，她蹑手蹑脚出了地铁，把剩余的海报丢进了垃圾桶，这样做没有职业道德，但她管不了那么多了。

『3』

大茂在台上做自我介绍，小路发现这个人不简单。年纪轻轻，但是自力更生，在校外一家公司做副总经理。

其他大学生只知道发传单贴海报，他已经入股了这家公司。小路能够看见大茂，是因为她也参加了他公司的培训班。

老妈打来电话，要女儿现在留意学校有没有什么好对象。小路说有。没有也要说有，报喜不报忧。

小路漂亮，这是女生最大的资本，现在她要好好利用。

和家境良好的A相亲，小路带着那本《找死的兔子》打发时间。

A迟到了五分钟，小路翻到第22页，那只锲而不舍找死的兔子尝试把自己挂到直升机的螺旋桨上，切成了五等份。小路忍不住哈哈大笑。

A说："你好活泼哦！"

小路说："是啊，是有点活泼。"

相亲回来，宿舍介绍人反馈报告："A先生说你漂亮有气质，笑起来幼稚，有点傻大姐。"

傻大姐这结论让任何一个正常人听了都会有点不高兴，但同时她又想起了那只兔子的螺旋桨自杀，忍不住又傻笑了。

『4』

然后是B先生，在餐厅吃东西，吃完了，那男生买单了，说："等会儿晚上一起去泡吧，去不？"

这才是第一次见面。然后小路见过C和D，再不想见E、F和G了。在大学找男朋友容易，找一生的伴侣难。

漫画书里第47页，兔子打算把自己给烫死，干脆就躲在准备泡红茶的男人的茶壶里。小路希望自己也是那只兔子，可以肆无忌惮地自杀。

不知道为什么，她很想很想看见大茂，虽然他压根没注意过自己。她把漫画放在背包里，心里想着大茂会不会在最后一节课的时候出现。

到了最后一节课，大茂就出现了。他说："各位同学如果过了级记得报喜，没过下次半价继续来上课。"小路在想要不要把他的书还给他，可是，大茂说完就退出教室，跟收工了的名师谈笑风生。

小路忍不住开始计算，他身上的衣服鞋子还有手表都是名牌，他年纪轻轻就这样与社会接轨，将来一定不愁生计。他还长得很端正。

他的钱是自己赚回来的，所以他不是挥霍的愚蠢富二代。

小路以校报记者的身份去采访大茂时，见过世面的大茂似乎有点紧张，滔滔不绝一会儿，结巴一会儿。

穿着球鞋牛仔裤的大茂带着一丝少年的青涩味道。

湖边新建的音乐喷泉在播放，在背景音乐的衬托下，不像是在采访，像是好朋友在聊天。日光通过树叶，一点点阴影投放在大茂的面孔上，小路有点心疼。

他年轻，但是他的耳朵上面有一小撮散漫的白色，那是辛苦的铁证。

采访很顺利，大茂说："学妹你辛苦了，今天我请你吃点东西吧。"

辛苦什么啊，她一直在听，都没发问，大茂连问题都代替她设想了。

小路想答应，看见他右手手腕戴着手表。

大茂就解释："是妈妈送给我的生日礼物。"

小路又想了想，却没有点头。她说："改天吧，明天好吗？"大茂就似乎有点失望的表情。小路慌忙解释："今天我要先回去整理采访哦！"

跟外面的世界打交道格外娴熟，跟女孩子却还带着点腼腆。小路觉得，对于面前的这个人，自己的动机开始纯粹起来。

小路看着大茂，忽然心中明亮。千言万语，浓缩为三个字——拿下他。

『5』

新学期小路的银行卡账户上增加了一笔钱，打电话问，是老妈打的。小路说话的语气都很烦躁，她打电话回去：“说了我自己有钱用啊！”

小路没有动用那笔钱，因为她确实开始有钱了，她加入了大茂的公司，充当他的助手。

进入大三的大茂开始逐渐舍弃那些小单，承接中型的教育培训，本市的大学数量全国第三，教育培训业格外繁荣。起步早的大茂已经把一般公司远远抛在脑后。

他们忙着学习、上课、赚钱，然后看电影、吃饭、唱歌。小路的考试如果可能危险，大茂会出面找辅导员，他照顾她，像个全面关爱的爹。

小路觉得，拿下以后，可以考虑绑定一生了。

她把情况向老妈汇报了，大茂也很愿意下个假期去见见家长。

小路很久不翻那本《找死的兔子》，她过得很安定了，ABCD君有时候仍然会在学校遇见，他们身边的女孩面孔常常更换，小路很庆幸。

在学校放假并且寒假淡季没什么事情可做的时候，他们一起回家去见小路妈。

围绕着桌子吃饭，小路妈酒菜齐活，丰盛满桌。一向粗枝大叶的妈，很客气地和大茂聊天，问一些零散的问题，比如家里父母情况，比如现在工作辛苦吗？以后在哪定居啊！

这些问题问得简单，回答起来其实不简单，一不小心就容易不讨老人家欢心。

小路妈与大茂相互客套，一切看起来都很融洽，直到晚上。

睡觉的时候，大茂在小路父亲的书房休息，已经收拾出了铺位。

妈妈和小路一起。现在在自己身边是老妈，小路辗转反侧睡不着。

老妈笑了，说："不如聊天吧！"

"聊什么呢？"

"还能聊什么，不是就大茂这个最大的话题吗？"

小路妈赞美了十分钟，忽然严肃起来："他有点不对劲。"小路问："有什么不对劲？我怎么没发现。"

可意会不可言传。小路妈表态："直觉，所以，你还是多和他交往，毕业以后再说。"

见完了家长，大茂说他要回老家一趟。他的老家是南方的小城，那里可以听到一些风声，吹过耳朵边，像是一首遥远的咏叹调。

小路则一个人回了学校。

没多久小路接到了老妈的一个电话，老妈说她打听到原因了。

老妈说："那个小孩曾经想不开过。"小路"啊"了一声，完全意料之外。"他的父亲外遇，父母离婚。然后，他妈寻短见。"

他从一个家庭幸福的少年，变成破裂家庭的牺牲品。他在社会上飘荡，当混混，毫无目的和理想的活着。

直到他忽然振作，他从此只能够靠自己了。他爸爸的钱，他一分也不要，他靠自己打工念大学。

回了学校，大茂牵着小路的手，瞎晃悠。小路忽然说："我想看看你的手表哦！"

大茂就取了下来，递到小路的手里。那不是什么名贵的表，很普通的全钢手表。小路看着大茂的手腕，没了手表的掩盖，那里出现了清晰的疤痕。

所谓人生，置之死地而后生。

『6』

大茂说："我是故意掉下书的。因为我看见你，就像看见了自己。"

很奇怪，就是闻得出来，那种同类人的味道。小路给大茂做的采访里说他阅读名人传记和励志的优良读物获得力量，说他抱着理想不断上路，向前努力。

这都是官方告白。

大茂说："对于绝望的人来说，说什么都是废话，站着说话不腰疼。所以我什么都没说，不过，也许你看了那本书，会好过一点。"

人其实很奇怪，悲惨的时候受不了怜悯，还不如被鄙视、瞧不起，更能激发斗志。

所以在书店看见了那本书，他毫不犹豫买了它。

『7』

那本书，他一直带在身边。

那只顽强的兔子袭击外星人，踢外星人的下身，攻击核武器，把自己丢在阳光下的放大镜后面……但是，它用了无数办法，一直还活着。

它活着，所以，他也一直活着，顽强地，坚定地。

其中有一页说的是挪亚方舟的故事，动物们都上了船，洪水就要滔天，兔子故意悠闲地戴着墨镜晒太阳等待淹死。

大茂就把书彻底关上了。

去见上帝是一件不必急匆匆的事，在此之前，有没有享受过生命？至少不能够比那只兔子还要笨啊！

在书的封底，还有一句话。小路后来也看见了，“世界上那么多新鲜有趣的死法，小白兔都帮我们一一实践了。留给我们的，是死过之后，开开心心活下去的决心。”

我们要勇敢去做很多事。

大茂问：“我开始开开心心地活下去，并且，来爱你。你呢？”

小路回答他：“米兔（Me too）。”

回答的时候，心中平静又喜悦，小路决定搞定老妈，义无反顾。

找你爱的人，借一点勇敢

『1』

早上去公园玩，掉了个帽子，很懊恼，换你们会不会回去找？

谢辰喜欢她的老师陈磊。

17岁参加高考，小城市里的文科第二名，分数越过了一本线几十分，愣是没上成武汉的名校。她的第二志愿带着她到了冷得骨头疼的哈尔滨，跟那些只看《船舰知识》《兵器》杂志的男生们读一个大学。

谢辰喜欢的陈老师并不授课。

18岁的谢辰放弃口罩，放弃围巾，在索菲亚教堂门口喂鸽子。那个有名的电影明星喂鸽子全国人民都知道，谢辰的下落行踪就只有林海洋知道。有一个人知道，就不算寂寞。

谢辰喜欢的陈磊是个大她十岁的年轻人，在校学工处上班，完全没有老师的架子，亲切得就像所有学生的好兄弟、好哥们，唇红齿白、高大活泼，讲起小黄段子的时候头顶的卷毛微微颤抖。

16岁的谢辰，夏天到武汉的亲戚家玩，路过光谷的一场青年创业汇。每个演讲的人都被标注出地址身份。散场的时候，陈磊跟一群人在交流中心附属的咖啡馆聊天，哈哈大笑的时候，隔了两张桌子的谢辰心里就雪崩了。

原来真正爱上一个人，这样满心惶恐和悲伤，过去的自己刹那死掉，另外一个自己冒出来。笑声听久了，谢辰觉得自己就像雪里藏尸，悲伤得回天乏术。

复活的办法只有一个。

去找他。

『2』

谢辰去找了。

而今她和喜欢的人只有一步之遥，唇红齿白的陈磊忙着跟请来的嘉宾说：“老师您别怪这孩子，实在是太老实了不爱说话，招呼不周您多包涵。”

只有参加他负责的活动，才能离他这么近。谢辰积极参与，主动靠近。陈磊呼吸的热气冲着谢辰的脸上喷过来，她深呼吸，然后喝光了一大瓶秋林格瓦斯，没酒精，也醉得满脸通红。可惜东北太冷，冻得人看不出一个女孩的脸红。

零下二十度的哈尔滨，地上的雪总是不融化，又干又粉末，像攒了世上所有的盐，腌制所有不高兴的心。

林海洋不高兴，心像被腌制过一样。

“西安大把的学校，来这么冷的地方，你这个脑残。”

“没人要你喜欢我，还一直跟着，你更是傻瓜。”

“傻瓜我乐意。”

“脑残我愿意。”

没法阻止林海洋，他的第一、第二和第三志愿都填了一个学校。

“我要是上了第一志愿去武汉，你就自己在这吹冷风看冰雕吧。”

“退学再考呗，哪个学校我考不上。”学霸林海洋人生中没有低分这个词。

“你个傻瓜。”

“你个脑残”

谢辰跟林海洋分吃一碗锅包肉，脑残和傻瓜决定大冬天一起排队去中央大街吃冰棍。越吃心越凉，能止痛。

大街上漂亮的外国妹子在跳跃拍照，宗白建议林海洋：“你要不找个毛子妹妹呀，腿长胸大，太好看了，我看了都动心呢。”

“不，我就爱你这种。”

“什么意思，你说我不大不长不好看？”谢辰一巴掌抽过去，林海洋抓住她的手，再往自己脸上凑。

“呸。”

经过索菲亚教堂的时候，林海洋进去了，谢辰没进去。俄罗斯人只用红砖就盖了这么漂亮的建筑，可是漂亮的东西除了保存参观，还有什么用？

她一边喂鸽子一边思考，上帝真是个天才，发明了爱情这个东西，令人类一念天堂一念地狱。你想谈情说爱的人，没有跟你谈情说爱。还有林海洋，他想谈情说爱的人，只想跟别人谈情说爱。

这叫什么事呢？脑残和傻瓜天作之合，笨蛋跟蠢货同病相怜。人间景物再美好，也是煎熬身心的地狱。她觉得胸口有点痛，但哭不出来。

为什么要哭？她坐了那么远的火车，用上了青春里最大的勇敢无畏，到了他身边，必须走下去。

谢辰拿出手机，让陈磊的照片占据了整个屏幕。

对着冬日耀眼洁白的阳光，谢辰轻轻地问手机：“你喜欢我吗？你知道我喜欢你吗？”

『3』

谢辰跟林海洋一起回学校的时候，林海洋说等一等，买然后了一大份汤粉拎了一路。宿舍里的同学都不在，应付考试期末，都去图书馆用功了。站在女生宿舍的窗户前，谢辰吃一口热汤，眺望林海洋哼着歌走开。林海洋就像十岁时，帮自己代笔功课那样开心。

在小城八中，怎么玩都学习第一的林海洋，肩负厚望。快六十岁的老校长觉得自己最后的职业生涯里，一定会因为林海洋而荣耀。二十年一遇的清华北大苗子，后来神不知鬼不觉毁在谢辰手里。

感动吗？感动。自私吗？自私。谢辰发现人心太奇怪了，暖男不值钱，冰男才诱人。

她喜欢的陈老师，一直没听说有女朋友。平时聚会，小男生们起哄，“陈老师喜欢什么样的女孩？是咱们本地人高马大的，还是南方小巧玲珑的？”

陈老师就说：“最好咱们东北的身材，南方的性格。”一群年轻的孩子纷纷大笑。宗白放下奶茶，把亲手织好的围巾，包裹好，终于决定楼下去，再去学校服务中心发一件快递。卡片落款名字，留言直白倾诉，心意全盘托出，就等待对方裁决。

此时此刻，谢辰接了个电话。“辰辰，吃得好不好，穿了羽绒服了没？你个死丫头跑那么远搞什么，想死妈妈了。”

“爸爸过两天就来看你，你妈妈天天念，有时候还哭了。”

“你们别来了，这两天还要降温，反正就快放寒假了。”

“什么时候放假，我和你妈去接你吧！”

“不用麻烦了，你们等我回家。”

对话了几分钟，挂了电话，谢辰就在宿舍哭了。她从来没有如此想念过爸妈，在发现自己无限依赖的他们也如此脆弱的时候。

小孩子要长大，先从告别开始，辜负爸妈天经地义。她不去温暖的南方，不念西安，不去武汉，不去北京，直奔哈尔滨。用了老得不能再老的伎俩，高考做错几道题。

如果成功，她会留在哈尔滨。如果不成功，她还得呆四年，勇气花光了，没法再去考，再重来。

林海洋真的没必要这样被牺牲。

『4』

高中时，谢辰问：“林海洋，你到底为什么这么喜欢我？烦恼死了。”

“我也不知道，也许以后你会懂。”林海洋像个先知，先知道什么叫情不知所起，一往而深的人，的确就是先知。

大学，谢辰跟林海洋说：“林海洋，你现在退学还来得及。你应该去念清华北大，最起码，你还可以去读个武大，在樱花暖洋洋盛开的时候满学校泡妹子。”

可是她有点害怕。林海洋真的就幡然悔悟，放下自己，重新开始。

哪有什么勇敢无畏，只不过是把最亲的人抛在了脑后。只有一个林海洋不离不弃，死缠烂打。

林海洋说：“我等你。”

谢辰忽然想起来，小时候去公园玩，掉了个帽子，路上才想起来。后来她嫌远，也没回去找，心里懊恼。小女孩就发誓，心爱的东西，千万别让自己后悔。

林海洋不是帽子，是备胎。她从来没喜欢过他，她知道林海洋一定选她选的大学。为了爱情变得罪恶，谢辰也想不到自己会变成这样。

她人生中第一次最重要的冒险，有人作陪，她并不孤独。如果世界上有另外一个自己，另外一种比爱情更加深沉的爱，她愿意完全献给林海洋，完成一生中最平凡的爱。

但现在不行。

『5』

三天后收到陈磊老师的回复，谢辰出门赴约了。

沿着长长的冰河，谢辰看见一个渺小的黑色影子在挪动，遥遥似乎对望到了彼此。她满心欢喜，顾不上觉得那影子很眼熟。

他们打车去了松花江畔的老店，吃了一顿鲜美的饺子。

在冰冻的河面上，一个晨练的老头跟自己家的狗玩耍。老头踩到了河面冰块薄弱的位置，脚卡住了。

林海洋就在现场，还去救老头。老头的狗也去拉扯，林海洋不小心就半个身体陷进去。

『6』

后来他们全被救了，但是林海洋因在寒水里浸过，患上严重肺炎，险些丢掉小命，打吊瓶打了15天。虽然获得表扬，但气急败坏的家长千里之外赶来，把孩子接走了。家长又不是白痴，多多少少旁观者清，明白一点。

为什么舍身救人？林海洋对来采访的新闻记者说，这是每个当代大学生都应该做的。

这个答案很标准，但林海洋把真相埋下，不打算重见天日。

绝望的人，当时不觉得自己还有什么重要的。他沿着冻住的河流慢慢走着，抬头看见老人和黑狗遇上麻烦，林海洋奋不顾身伸出手。

因为救人而默默消失，不失为一个很好的安排，对全世界都有了合理交代。

依稀雪下大，林海洋一家人已经被出租车接走了，坐飞机回陕西。

谢辰忍住不去看望林海洋，当他人走了，她一口气狂奔一千多米，趁夜去了林海洋所在的男生宿舍楼下。

“干嘛？”同学问。

“也没什么重要的事，就是看看他有没有落下什么东西，我回头给他带回去。”

“你才来啊！我们都知道林海洋喜欢你，这家伙真是没救了。你心也太狠了吧！他那天就是去追你，才遇到这事。”同宿舍男生这样怪罪。

谢辰无言以对。她的告白，被陈老师拒绝在饺子馆了，因为陈老师已经离婚了，孩子归妻子，中国人不喜欢提到自己离过婚。至于跟学生谈恋爱，更加不可能，他还没傻到丢工作。这些事，只好单独见面说清楚。

谢辰已经做好了心理准备。她只想跟喜欢的人正式约会一次，顺便被林海洋目睹，让他彻底死心滚蛋。

可她没想到会发生意外。谢天谢地，没酿成大错。林海洋同个宿舍的男生拿出一段拍摄的短片，呈现在她眼前。

一群男生在酒吧喝酒，玩真心话大冒险。

“林海洋，告诉你爱的人，你多真多深刻。”

“不。她好，我就好。”林海洋，笑着摇头。

“林海洋，真爷们。”舍友们啧啧赞叹。

林海洋眼里有光，像幼小的动物，撞见自己庞大黯然的灵魂。豁出去了，哪怕倾其所有，还是一无所有。

谢辰哭了。

雪在头顶飘落，谢辰穿过红旗大街，边走边给林海洋发微信，发QQ，发短信，发私信：“要走一起走，我们南方见。”

『7』

从哈尔滨到西安，四川航空的飞机餐居然还提供辣酱。前排的父母还在指责学校抱怨自己，当初就该决定儿子的大学志愿，不能由着林海洋。

林海洋静静地看着外面，地上灯火渐渐缩小，自己怎么会为了一个女孩那么折腾？眨眼九年了。

可是折腾以后，得救了。掉到冰水中时，大脑清醒得无比哀伤，宛如洗礼，脱胎换骨。他本想就此沉下，挺想去死一死。但他又觉得，这样子，谢辰会觉得都是她害他的？林海洋挣扎起来，一手抓住老头子，一手抓住了狗腿，胜利上岸。

这九年有意义吗？林海洋笑了，他很佩服谢辰。跟所爱的女孩，借一点勇敢。

先有你的一路不停，才有我的走到最后，虽然我们两个人，结局不一样。

完完整整去追过自己喜欢的人，虽败犹荣，不会后悔。下一次他要把心交给一个会去接的女孩。登机前，他丢了自己一直用的旧手机。

这城市
有八百万个故事

『1』

整个学校围绕着小央一个人，小央眯着眼睛体会了许久，忍不住跟罗汀说：“当明星的感觉真好啊。”虽然她只是作为一个校园微电影的女主角，短暂感受簇拥一身备受宠溺的优待。

罗汀旁观春风得意的小央，像是陷入了初恋，他也眯起了眼睛，然后说：“是啊是啊！你可千万要当上才好，不如请我当经纪人，便宜又实惠。”

小央回之以敷衍的两声“嗯嗯”，专心捕捉镜头。

后来毕格拍他的肩膀：“哥们儿，宰相，宰相。”罗汀比画着虚拟不存在的大肚子，逗乐了小央去洗手间后的在场其他人。

谁都看出罗汀其实脸色很难看，只有小央无所谓。

那个微电影短剧在学校礼堂放映时，拿了罗汀到处派发的免费门票的学生们，毕格叮嘱三遍，适当的时候鼓个掌捧个场。

这些人就故意问："那什么时候是适当的时候？"

罗汀自己都没看过，哪知道什么时候是高潮，什么时候该适当鼓掌。

"适当的时候就是指女主角出现的时候。"罗汀以不变应付万变说。

『2』

结果出来的第一个镜头就是一个超级慢镜头，整整三分钟都停留在女主角眯着眼睛迎向日光的面孔。周身白色衣裙因为日光格外耀眼，台下掌声连绵。小央忍不住发出惊呼："好有才华。"

好有才华的导演毕格连字幕都没做，片名、演职人员名单都是一个人口述的，毕格的男中音充满感情、荡气回肠，小央微笑着，情绪跟着起伏，罗汀的心就沉下去。罗汀忽然发现，怎么好意思跟小央说："听，我给你拉来这么多的掌声。"

罗汀深呼吸一口嘈杂的空气，出了剧场，在门外做自我反省。装什么大方啊你，玩什么宰相啊你，肚子里撑船撑破了。

毕格在路上拦截住他，一副虔诚的，这都是为了艺术的乞求样，说："哥们儿一看你就不是那种管着女朋友的小心眼。真的喜欢她，肯定希望她好。”

小央大概很想成为一个真正的大明星。

罗汀很想说：“小姐，这只不过是个学生微电影，又不是什么正式大片。”

他把话烂在肚子里，没说。

『3』

毕格的作品去参加了全国大学生微电影联展。罗汀在实验室协助教授整理数据，建立数学计算模型。毕格的作品得奖了，罗汀从学生浴室洗澡出来，听见了这个消息。

小央皱眉说：“可惜我没去现场。毕格说去了好多名导演，还有明星。地点是北大。”

罗汀说：“没关系，那我们去吃顿好吃的庆祝庆祝，过钱粮胡同，到西四吃碗羊肉汤去。”

但小央却说：“我想去学校电影厅看法斯宾德的展示。”罗汀就愣过之后，讷讷地问：“法什么斯？做什么的？”

小央就懒得重复：“看不看随便你。”

这个世界上很多事情可以随便，女朋友的话绝对不可以随便。

铺天盖地的黑暗被一束光照亮前方。小央看着中型银幕时，眼睛闪烁光亮，她那么认真专注，仿佛准备一生都要投入到其中。

但错乱的光影、人物和情节，罗汀完全看不懂，他睡着了。

罗汀醒来的时候，小央已经走了

『4』

他找到小央，听见她说："我们的世界已经不一样了。"罗汀想说，都是拍那个什么狗屁校园剧搞出的事。艺术青年都是不靠谱的。你的世界再不一样，不还是在地球上？一样按照万有引力走路，呼吸氧气产生二氧化碳。

他还是没说。

小央说："你知道毕格一开始致敬模仿的谁吗？"

"不知道。"罗汀老实回答，他只觉得文艺都做作，自己很悲凉。

"是法国电影大师戈达尔的《轻蔑》！"小央用一种虚无缥缈高大上的语调说。

好吧！那就这样吧！朝大师致敬的毕格，让小央看自己的男朋友，不，应该是前男友，口气中散发着轻蔑。

19岁的工科男生在那年夏天结束的时候，失恋了。失恋的人回忆都像是慢镜头。

21岁的罗汀白天上班，晚上看碟。他还写电影评论，但很久都没等到小央出演的消息。

22岁时，看了许多许多的碟以后，罗汀就搞懂得了，当他想起小央、小央的样子和小央的表情时，周遭一切包括时间都缓下来的体会，可以用慢镜头来形容。

25岁的罗汀，感觉今年的夏天比起五年多前，大概还要炎热一点。这是因为全球温室效应的加强，还是因为世界的眼光都聚焦到中国？罗汀不想搞清楚。研究所的福利搞得不错，夏天给大家发电影票。到罗汀的时候，罗汀忍不住发呆了一下，工会负责人就问："怎么？还没有女朋友？要不要姐姐给你介绍一个？”

罗汀说：“我就看中姐姐您了，可惜您又结婚了。”

女人年纪再大，还是女人，有免费的甜言蜜语听，为什么不心花怒放？工会大姐把罗汀的福利偷偷加倍了，明显偏心。

罗汀惆怅了，甜言蜜语、爱和结婚，真不是一回事。

『5』

请问你对明星劈腿偷吃有什么看法?

这个问题出现在罗汀的眼前，罗汀正感冒。他已经感觉嘴巴上的那个器官几乎不属于自己了，打开笔记本电脑，盯着问题发呆。

罗汀知道，小央后来转行去了小报报社，成为一名光荣的娱记。也可以说，是该死的娱记，至少明星们这样认为。

罗汀还知道。

毕业之前，小央去试过镜。毕格也去圈子里混。

在某个本市经济台的7点档情感短剧里，那个扮演后来出现被推搡开的女大学生的，就是小央。

然后，没了动静。然后说是去了南方，又回北方。毕格进了一家公司。再后来，本地报纸上出现了小央的豆腐块。

如果做不成真的明星，至少知道真正的明星们是怎么活的。或者，天天和明星打交道，也许有一天变成明星。

罗汀一直去看小央的博客。

尽管他自己也有一个博，他写了很多的影评。但是，最想写的人，他没有用武之地。

小央的博客因为八卦足够，拥有相当的浏览量。罗汀像当年拿免费门票游说掌声一样，在留言里匿名赞美小央的文章。

在某一篇娱乐圈劈腿调查下面，写着：很急很急，需要统计一百个人的意见。确实，一百个人太多，瞎编都要死无数脑细胞。

修炼了那么久才变成一个文艺青年，是该且行且珍惜。

『6』

第二天，问题就变了。变成娱乐周刊应该这么爆料吗？但是罗汀看着小央在问题后面疯狂强调而多打的七个问号，就知道，她激动了。

当事人又不是她，瞎激动什么。罗汀忽然展开联想了，胸口沉闷地一痛。

罗汀很想操起电话打给毕格，问：“你是男人吗？让女生受委屈。”

终于他打了，没想到，通了。

电话那头说：“你好，哪位？”

他报的假名。

毕格在那头根本听不出他是罗汀。何况这是一个感冒还没彻底好的嗓子。

他说：“我在网上看到你以前拍的片子了，很喜欢。”

毕格开始兴奋起来：“对啊。”

“我喜欢法斯宾德，全部的。”

“我太崇拜法斯宾德了，无与伦比的大师。”

当然，大师8岁时，老妈找了一个19岁的少年当情人，法斯宾德有了个19岁的爹，心理就扭曲了，不然也没法那么深刻。

罗汀说：“我还喜欢法国电影大师戈达尔，他的《轻蔑》的开头，拍得简直是出奇制胜。不用字幕，全凭口头念诵，特别有氛围。”

“对啊，简直是前无古人。我拍的东西就模仿了的。”

……

话题最后收尾在“你知道文章出轨吗？”

急转弯的毕格迟钝了一下，才回答：“成龙大哥说了，这是天下男人都会犯的错。”

罗汀开始发笑“呵呵，呵呵呵。”

电话那头诡异地沉默了。

罗汀穷追不舍：“你知道戈达尔的开头学的谁吗？”

电话啪一声挂断。

『7』

该怎么形容？形容以前女朋友被抢夺的屈辱，以及报复的快感？这两者都没法用语言形容。

罗汀再去小央的博客，没有更新。第四天也没有更新。第五天、第六天、第七天、第八天都没有更新。

那些关注八卦关心娱乐的人拼命留言，小央千呼万唤也不出来。

第九天的凌晨，有了新日志。上面说："我想死，都准备结婚了，男朋友劈腿了。谁能够告诉我，怎么死最不痛苦？"

他便匿名留言："作家劳伦斯布·洛克说，这个城市有八百万人口，也就有八百万种死法。"

她问："告诉我一种就够了，不疼、不痛、不麻烦，死相不难看就可以了。"

他说："我愿意成全你。现在是凌晨1点05分，你到中影天河电影院第十一排，五号座位。我等你。"

他大衣是披风式的，戴着帽子墨镜，跟小央一样的打扮。他说："好久不见。"她吓一跳。

惊恐中她都没分辨出那副熟悉的旧嗓音。

他笑了，你死都不怕，还怕什么？

黑暗里。午夜场亮起的光束中，小央转过头，满面都是泪水反射的光芒。她不是聋子，她早该听出来。

"我看了很多电影，准备做个影评人。我拱手过一次，我以为他能成全你的理想。我错了。你能够原谅我吗？"罗汀说。

如果所有的理想都脆弱不堪。谁为你保留最后一点尊严？

2003年的毕格模仿了1963年的戈达尔，而1963年的戈达尔，模仿了1948年朱尔斯·达辛的《赤裸城市》。《赤裸城市》讲的是一个年轻女郎的谋杀案。

电影最后说，这个城市有八百万个故事，这是其中之一。作家布洛克一定看过这个电影。

而这些，要到多年后的春天，罗汀才知道。

喜欢太久的人，走出太远的路，投入太多的爱。

放不下，回不了，收不回。

距离上次一起这样坐着看电影，那一次法斯宾德的电影展，看到一半小央就走了。

来的时候，她吃了一整瓶的安眠药。

时间和故事，都静止在那年和那天。

太执着，便没有退路，走向一无所有。

真希望自己的人生是一篇小说

2008年6月，于校越过了夏天夜晚的露天场，夜幕之下，有些人等着他。那是晚上11点。老同学们聚会，分外亲热。一直到凌晨2点，该回家的回家。他走在庄眠的右手边，街灯亮着耀如白昼。于校看着他，然后自己的眼睛低落下去，像是染了重度的风沙，眼泪流不出来的时候，悲伤会凝固，梗塞心脏。他说："真希望自己的人生是一篇小说。"

两个男子边走边沉默，然后在路口分开。

他忽然不想回家，他一直沿着街道走着，穿越这个城市，一直走到，昔日的学院路。天渐渐亮了，车辆恢复旺盛往来，上早班的人群川流不息。一条光谷大道延长线上，路口堵塞住。已经禁止鸣笛的城市，充满了克制的喧嚣。大概在那些被惩罚震慑的司机内心，幻想着能够疯狂按着喇叭。

1『桥段上』

2005年开学不久的日子，相当空闲。社团里的不同系的男生，在台下闲扯。文学社男生奇少，大帮女生自成一团，活像搞割据的晋代门阀贵族。

谈恋爱需要桥段，打发青春需要桥段，荒废时间也需要桥段。比如打赌，有人问："有谁知道法律系最漂亮的女生擦的什么香水？"鸦雀无声。

中文系的于校想了一想，脱口而出："大概是香奈尔。"几个男生围绕在一起发出哄笑。其实于校不过是在学校图书馆里翻那些老厚的精装时尚杂志记得一个名字而已。法律系最漂亮的女生的名字，大家都知道，而且她还没有男朋友。于是他们打起赌来，好像雄性动物一辈子都爱打赌，至于打赌的彩头是人是物，那倒次要了。穿白色衬衫因为教室炎热而卷起袖子的男生说："看谁先追上张雅亚。"这个目标让人热血沸腾荷尔蒙爆炸。

于校想了许多新鲜招数，这些别致的招数渐渐生出效用。其实招数有效，是因为他做了功课。其中一个就是：他发现原来系花张雅亚特别特别爱吃快餐食品的某两款，并且喜欢在晚间人少的时候去。

他给张雅亚打了一个两倍高的甜筒，塞满了奶油的脆蛋皮被撑得像是2008年中国大地上热情传递的奥林匹克火炬。他还给张雅亚喜欢的飞燕虾的数量自作主张乘以三。张雅亚只来距离学校最近的肯德基，而于校只来这家最近的店充当廉价劳动力。

不是说美女也贪小便宜，而是人类的弱点谁都不例外，或多或少，或大或小而已。尤其是，于校特意点明了：“我是为你来打工的。”

这份告白，让张雅亚和于校的距离，在两个星期后，等于了零。嘴巴轻掠另外一张嘴巴。于校闻到了香水味道，那是森沙拉味道。因为妈妈喜欢，所以她也跟着喜欢用。

他问了她，她略为羞涩，回答了他。答案来得轻而易举。那么主动的男生，带着侵略意味和征服的企图，张雅亚就范得如雨水降落到地面，悬念稀薄。

爱是最利武器，披靡只因对方心甘情愿。

真正追女朋友的人，其实未必有这么放得开。三年后于校回忆起来，忘在手指中间的半截烟，打断他的事后提炼。

2『桥段下』

他告诉参与的男生们，森沙拉，梵语的意思是轮回。有点小骄傲的张扬。想不嫉妒，也难。

事实上，还有桥段下。

最先提议的男生，还有在场的男生们，当时的桥段，是完整的计划。于校只实施了桥段上。庄眠带头敦促于校尽快实践桥段下的时候，于校觉得自己的心有点微微的疼。他和她开始的时间并不长，整个交往的过程，也不过是一个月。但是，一个月已经够漫长。在情已生，意思渐滋长的时间段里，度量衡与普通生涯异常。

他们盯着他。他也盯着他。庄眠故意说：“张雅亚把你给彻底拿下啦？我们还以为是你拿下她了呢？”

于校咬一咬牙，把话赌回去，“我就打算把她给甩了呢？”

在这个老桥段的下半部，简单又残酷。追到一个女孩，然后和她分手。于校说：“我就是还没找到一个好法子，毕竟咱们大老爷们，做事也不能太没风度。”

几个凑在一起打赌的哥们儿，出了妙计。这个世界上，如果要对付处于单纯当中的人，实在有太多圈套可用。他们只用了最简单的一种。

3『大家的日子』

后来毕业了，张雅亚结婚了。不要怪我把故事讲得太快，你就当它是篇三流小说自然心理平衡。

结婚了的张雅亚和这些大学同学联系不密切，大家都各自找各自的工作，各自服务各自的公司老板、企业经理、单位领导。

那个时候是2006年秋天了。2006年底的时候，张雅亚有了一个漂亮的女孩子，她生的是一个女儿。

过去的那些事情，变得微不足道。像是一件珍稀的元代青花瓷，2006年在苏富比艺术品交易市场上，以千万天文价格成交，但在1905年的时候，不过是10英镑转手的普通瓷器。时间两端，极轻微，何其贵重，遥望无期。

2006年的于校考取了公务员，在沿着城市小礼堂的道路边上，每天朝九晚五。整个秋天，他都在给从国有单位办理了内退的职工补发一笔定额的补偿金。一有时间，他会和同事们在高大富丽的大楼里，狠狠来几局扑克牌。至于下班后，他会去接他的女朋友，一个在不远的公司上班的女孩。

他们顺道会坐轮渡过江，到华纳万达看场电影，在江上吹吹风，再一起回家。他们也在考虑买房子结婚。大家的日子都是这么过的。

很偶然很微妙的缝隙，他会想起2005年张雅亚在肯德基餐厅里，面孔上浮现的惊喜感动的表情。那是一个女孩子被男生的殷勤打动灵魂的幸福小巅峰吧！晚间的灯光映照出一脸黄，好比以梦拆字的天才词人记录的瞬间意境。

女朋友要他别忘记送生日礼物。他在香水柜台前问："可有一种名叫森沙拉？"

4『错以为自己没心没肝』

关于桥段下。2005年张雅亚稀里糊涂接到电话通知，说是在新公园门口等她，有东西转交给她，是辅导员老师的工作安排。等她的，是庄眠。法律系的庄眠和她靠得很近，然后打开口袋，拿出来的却是玫瑰。

这很好笑，但又一点也不好笑。于校踏点而现。他充满了受辱的愤怒，那是一个男生抓住女朋友劈腿所应该有的样子。有了理由，干干净净名正言顺的脱身。他们留给一个女孩七零八落的糟糕处境。

张雅亚没有多少时间去解释什么，因为很快就毕业了。毕业前夕，他有几次远远看见她，低头转弯，绕道而行。后来，张雅亚毕业后选了老远的他城，而她其实是本地人。

后来庄眠说，男生多半是愚蠢的，愚蠢到错以为自己没心没肝。

在这个城市的小酒吧，庄眠约了于校，还约了同城的熟悉的几个同学。谁也没来得及事业有成，功成名就，所以没人做东请客。于校还是等女朋友批准了，才晚场出来活动。大家AA制喝了很多酒，加了水的威士忌，也很醉人。谈笑回忆，很开心很开心的样子。“当年班上有对情侣吵架，在篮球架下互打耳光。当年有女生冲进男生宿舍，大胆豪放。当年中文系教古汉语的老师一口方言，但为人幽默，说什么古人形容美女肤如凝脂，其实凝脂也就是白花花的猪油状。美女……当年法律系的美女，可是被于校追到手的。来来来，喝喝喝！”

于校想起了张雅亚的面孔。

5『得以哭出』

张雅亚漂亮的面孔，在误会制造的误会里，慌乱不知所措。他知道她结婚了，他知道她嫁的人挺不错，他知道她不久后生了个女儿。

最后大家散场，庄眠忽然说：“今天早上我接到一个电话，她在前两天出了车祸，和她的女儿一起离开了人世。”

“她？你说谁？”

“雅亚……”大舌头的庄眠发音不清。他问：“谁？”庄眠重复了一遍，这一次很清楚认真：“张雅亚。”仿佛瞬间庄眠恢复了的清醒，他背过头去，只是叹息了一句：“我们连道歉的机会都没有了。”

于校慢慢拿起威士忌酒瓶，没有兑水，没有加冰，仰头倒进自己嘴巴里。绵绵的酒精刺激着味蕾，冰凉的喉咙渐渐回味出灼热。年少男生，愚蠢到错以为自己没心没肝。

于校真希望这是一篇小说。是又如何?

日光已经带来极昼明亮。一个形容邋遢，宿醉未散，胳膊上搭着外套的男子，走得有些精疲力竭，他不想和人说话，不想回去，也不接电话。他眼神茫然，他隐约闻见那年她的香水气息。他脑海里反复着一个念头，假如没有“桥段下”？没有假如。他或她的人生都不是小说，死了人还可以强扭结局讨好读者，一切不可撤销。

如有轮回，她会进入森沙拉，重新来过下一世获得补偿吧。他愿百倍补偿，但有没有下一辈子，谁能确信？

连道歉的机会都没有了。

他几乎与一辆出租车擦身而过，司机终于控制不住按了喇叭，叫骂：“你神经病啊！”

他得以哭出来。